KB110634

바로 손을 흔드는 대신

바로 손을 흔드는 대신

1판 1쇄 펴냄 2023년 5월 26일
1판 2쇄 펴냄 2023년 7월 3일

지은이 박솔뫼, 안은별, 이상우
발행인 박근섭·박상준
펴낸곳 (주)민음사

출판등록 1966. 5. 19. 제16-490호
주소 (우편번호 06027) 서울특별시 강남구
도산대로1길 62(신사동) 강남출판문화센터 5층
대표전화 02-515-2000
팩시밀리 02-515-2007
홈페이지 www.minumsa.com

© 박솔뫼, 안은별, 이상우, 2023. Printed in Seoul, Korea

ISBN 978-89-374-1723-8 (03810)

* 잘못 만들어진 책은 구입처에서 교환해 드립니다.

바로 손을 흔드는 대신

박솔뫼 안은별 이상우

서울·도쿄·베를린, 세 도시발 교차 일기

민음사

『바로 손을 흔드는 대신』은 박솔뫼, 안은별, 이상우 세 작가가 서울, 도쿄, 베를린에서 같은 기간 동안 각자 쓴 글로부터 시작되었다. 글을 완성하는 대로 서로 공유하는 것이 공동 작업의 첫 번째 규칙이었고, 그렇게 1년 동안 모인 세 도시발 글들은 이렇게 서로 붙어 버렸다. 어느 도시에나 있을 광장, 혹은 그 비슷한 공간에서 수없이 스치는 사람들처럼 자연스럽게, 그리고 순간적으로.

세 작가는 이 책 안에 각자의 삶 속에서 스쳐 지났던 이들을 초대하여 보다 많은 마주침이 일어날 수 있도록 하였다. 이것이 공동 작업의 두 번째 규칙이었다. 페이지를 넘기다 보면 서울의 박솔뫼, 도쿄의 안은별, 베를린의 이상우 사이로 그들이 초대한 친구들이 광장을 거닐고 있는 모습을 만날 수 있다.

“풍경은 어떨 때는 굉장히 개별적인 듯하지만 막상 붙이면 어디에나 붙는 물질처럼 느껴졌다. 붙일 수 있다 아무 곳에나.”라는 박솔뫼의 말처럼 『바로 손을 흔드는 대신』에 모인 열한 명의 사람들은 어느새 하나의 풍경을 이루었다. 그들은 낯선 도시의 광장에서 문득 아는 얼굴을 마주쳤을 때처럼 서로를 끔벅끔벅 바라보고 있다. 서로에게 바로 손을 흔들지 않고, 그 찰나의 순간에 이런저런 생각들이 밀려오는 것을 모두 허락해 보기. 이것이 공동 작업의 마지막 규칙이었다.

곧 반가움과 기쁨이 아주 천천히 고개를 든다. 미처 기록되지 않은 사귐과 대화들은 책을 덮은 뒤에도 오래도록 이어질 것이다.

바로 손을 흔드는 대신,
생각하는 친구들

잠이 오지 않을 때 하는 생각

"모두 잘 자고 푹 자고
매일매일 그럽시다."

어디서나 잘 자고 머리를 대면 자는 사람. 재작년까지 나는 그런 편이었다. 재작년부터 바뀐 것이 있다면 고민이 있거나 스트레스가 심한 상황에서는 종종 잠이 안 오기도 하게 된 것이다. 그전에도 분명 잠이 잘 안 올 때가 있기는 했지만 '고민'과 '잠이 잘 안 오는 것'과 인과관계가 보이지는 않았던 것 같다. 아니면 그 이전까지는 고민이 있기는 했어도 잠이 안 올 정도는 아니었나? 그러면 나는 재작년부터 본격적으로 고민이라고 할 만한 것을 하고 있는 건가? 모르겠다. 아무튼 잠이 오지 않을 때는 숨을 크게 들이마시고 내쉬고 가볍게 스트레칭을 하고 생각을 하지 않으려고 생각을

생각을 하면 안 돼 시도를 하고, 잠을 자려는 강박을 버리는 것이 중요합니다 요가소년은 잠이 오지 않을 때 하면 좋은 요가 프로그램에서 그런 말을 했었다. 그래서 나도 그렇지 잠이 오지 않을 수 있어 그럴 수 있어 생각하려고 하지만 잘되지는 않는다. 어릴 때(생각해 보면 그때도 잠이 잘 안 올 때가 있기는 했다.) 잠이 오지 않을 때는 천천히 깊은 바닷속으로 들어가는 상상을 했다. 몸은 무거워지고 서서히 그런데 편안히 바닷속으로 잠긴다. 요즘은 그런 생각을 잘 안 하고 천천히 힘을 빼려고 노력한다. 그러다 얼마 전에는 달리기를 하는 생각을 했는데 그 편이 나았던 것 같다. 정적이고 고요한 생각이 의외로 도움이 안 되는 것 같았다. 땀을 흘리며 뛰고 또 뛰고 밤의 트랙에서 달리기를 하는데 그럴 때 다른 시간대의 누군가 잠을 잘 수도 달릴 수도 있는 사람들을 잠시 생각하다가 또 뛰고 있는 나를 그린다. 그런다고 잠이 바로 오는 것은 아니고 옆으로 몸을 살짝 돌려 누웠을 때…… 그러다 어느 순간.

아무튼 잘 자는 것은 중요하고 너무 좋고 잘 자기 위해서 이번 주에는 이불도 빨고 이것저것 해야겠다고

생각했다. 부담과 고민을 자연스러운 방식으로 스스로
받아들이려고 한다. 당연함 고민은 해야 함 어쩔 수 없음
숨을 깊게 들이마시고 내쉽니다 이런 식으로 말이다.
아무튼 엊그제 잠이 잘 오지 않아서 달리는 생각을 하다가
어느 순간 다행히 잠의 영역으로 진입할 수가 있었고 나는
언제 어떻게 그 영역으로 진입하는 것일까 아침에 눈을
뜨고 준비를 하고 일을 하면서는 달리기를 한 생각을 써
놔야지 생각했다. 그러고 보니 잠은 대체로 어릴 때부터
잘 잤지만 가위는 10대 초반 이후부터 자주 눌렸는데
가위 눌림에도 사이클이 있는지 나이가 들수록 빈도가
줄었다는 생각이 들었다. 그래 이것은 당연하고 무엇이라
하기 힘든 이것들은 지나간다, 가위 눌릴 때 그런 생각을
한다. 그러니까 가위 눌림 같은 것, 시간이 지나서야 정체가
어렴풋하게 파악되는 것, 파악되었다고 착각하는 것들을
조금 안정감 있는 자세로 받아들이려는 시도인 것이다.
나는 어디에 있는데 그리고 어디에 있게 될 건데 그것은
그렇게 되어 버리는 일이라는 것. 모두 잘 자고 푹 자고
매일매일 그럽시다. 이것은 너무 좋고 중요하므로 마치
캠페인처럼 갑자기 이렇게 남길 것이다. 그리고 기도한다
잠이 잘 잠을 잘 오고 내가 그곳에 있도록 하는 기도를 하고
그리고 또 잠을 푹.

시간과 공간을 생산하는 중

"여기에서 저기로 간다는 것,
혹은 갔다가 돌아온다는 것은
반복되는 루틴이라고 해도
매번 새로운 단 한 번의 사건이다."

'내리기 싫다.'는 내가 일본에서 가장 많이 하는 생각들 중 하나일 것이다. 탈것에서 내리는 일 말이다. 그렇지만 이게 꼭 일본이라 많이 하는 생각은 아니다. 어릴 때 가장 좋아했던 일은 아빠나 엄마, 주로 아빠가 운전하는 승용차 뒷좌석에 앉아 턱을 얹을 수 있을 정도로 차창을 내리고 차가 달리는 동안 바람을 쐬는 일이었다. 움직임이 멈추고 차가 목적지에 도착하면 귀찮고 또 슬퍼졌다.

물론 간절히 내리고 싶을 때도 있다. 만원 전철,

화장실이 급할 때, 빨리 집에 가고 싶어 하는 누군가와 함께 있을 때, 약속 시간에 늦었을 때. 그렇지만 그런 일은 드문데, 어쩌면 내가 일상에서 그런 걸 자주 느끼지 않도록 그간 많은 노력을 기울여 왔을지도 모른다. 전철이 붐비는 시간을 피해 이동할 수 있도록 대학원생이 되었다고 해야 하나. 집을 구할 때도 집과 학교 사이에 있는 교통을 어떻게 할 것인가는 대단히 중요했다. 보통은 걸어서 혹은 자전거로 오갈 수 있는 가까운 곳부터 고려한다. 그러나 나는 집을 나서 학교에 도착하기까지 전차라는 전환의 시간이 꼭 필요하다고 생각했다. 너무 지루해서 내리고 싶다는 생각은 안 들도록 간단한 환승도 두어 번 있길 바랐다. 그렇지만 또 환승이 너무 복잡해서는 안 됐다. 물론 이렇게 말하면 정말 그런 이유 때문에 모든 게 결정된 것처럼 보이지만 모든 일이 그렇듯 정말 그런 것만은 아니다. 이런 식으로 말해 보자면 그렇다는 것이다.

오즈 야스지로의 영화 「태어나기는 했지만」에는 이런 대사가(자막이) 나온다. "학교에 가는 것도 재밌고 돌아오는 것도 재미있지만 그 사이는 도무지 마음에 안 들어." 이렇게 쓰고 보니 학교와 집은 재미있지만 오가는 길이 재미가 없다는 애기인 것도 같지만, 처음 봤을 때 이해한 바에 의하자면 '나도 그래.'라고 생각했다. 가는 길도 돌아오는 길도 재미있지만 그 사이, 나를 가게 만드는 그 용건에

해당하는 일은 싫은 것이다. 얼마 전 금정연 씨가 트위터에 운전하는 건 뭔가를 하는데 아무것도 안 하는 상태라서 좋다고 썼다. 이것이 내가 탈것에 운반되는 시간에 대해 가지는 생각과 비슷하다. 아무것도 안 하고 있지만 정말 안 하면 안 되는 걸 하는 중이라 마음이 편해진다. 그러나 한 번의 승차가 완료될 때마다 두 가지 후회에 사로잡힌다. 보다 아무것도 안 했으면 좋았을 텐데, 혹은 좀 더 '생산적'이었어도 좋았을 텐데. 예컨대 독서라든가 말이다.

그렇지만 이동하는 것은 그 자체로, 읽지 못하는 것을 읽지 못하는 채로 오히려 뭔가를 만들어 내는 일이다. 오늘은 후쿠토신선에서 내려 마루노우치선으로 갈아타러 걷는 도중 환승 통로에서 갖고 있던 책을 펼쳤다. 지리학자이자 시인이기도 한 팀 크레스웰이 쓴 『온 더 무브』였다. 맨 앞쪽에 이런 문장이 있다. "시간과 공간은 이동의 맥락(이동이 생길 가능성이 있는 환경)이자 이동의 산물이다. 움직이는 사람과 사물은 시간과 공간의 생산에서 행위주체이다."[1] 브루노 라투르는 같은 얘기를 좀 더 멋있게 쓴 적 있다. "신·천사·천체·비둘기·식물·증기 엔진은 공간 속에 존재하지 않으며 시간 속에서 나이 들어가지 않는다. 역으로 공간과 시간은 많은 유형의 이동자들의 역전 가능하거나 또는 역전 불가능한 전위(displacement)로 추적할 수 있다. 이들은 이동자들이 이동함으로써

[1] 팀 크레스웰 저, 최영석 옮김, 『온 더 무브』(앨피, 2021), 22쪽.

생성되지만, 이러한 이동을 틀 지우지는 않는다."[2] 미셸 드 세르토는 철도 여행을 감금이자 항해라고 썼다. 그는 차창과 레일에 의해 틀 지어지는, 여행자와 세계 사이의 관조적 거리가 무언가를 '생산'한다고 말했다. 우리는 가만히 있으면서 상상적인 영역을 항해한다.

여기에서 저기로 간다는 것, 혹은 갔다가 돌아온다는 것은 반복되는 루틴이라고 해도 매번 새로운 단 한 번의 사건이다. 우리는 저마다의 갈 길을 가는 다른 사람들이나, 거대한 인프라와 치밀한 약속들의 체계와 사람들이 합을 맞춰 춤을 추는 탈것들이 그러한 것처럼, 서로가 전혀 그 얼굴을 마주한 적 없는 장소와 사건들을 이으며 시간과 공간을, 사회라는 픽션을 만들어 낸다. 매일 거의 똑같이, 그러나 완전히 같지는 않게 덧붙이면서.

요코하마에 구묘지라는 동네가 있다. 얼마 전 구묘지에서 케이큐 전철의 열차를 타고 도쿄로 돌아오는 길에 문득 '우리 동네에 구묘지를 아는 사람이 있을까? 우리 동네에 구묘지를 이렇게 정기적으로 방문하는 사람이 있을까? 그 사람은 케이큐에서 요코하마까지 간 다음 도큐로 갈아탈까, 제이알로 갈아탈까, 아니면 이대로 시나가와까지 가서 야마노테센을 탈까?' 따위의 생각을 했다.

그런 사람이 있을 수도 있겠지만 이렇게까지 내리고

[2] 닉 빙엄·나이절 스리프트 저, 마이크 크랭·나이절 스리프트 엮음, 최병두 옮김, 「여행자를 위한 몇 가지 새로운 지침: 브뤼노 라투르와 미셸 세르의 지리학」, 『공간적 사유』(에코리브르, 2013), 482쪽.

싶지 않은 기분으로 차창을 바라보고 있지는 않겠지 하면서 내릴 역에 다다르지 않기를 바라고 있었다. 17분 정도의 승차 시간이지만 열일곱 시간쯤 달렸으면 좋겠다. 케이큐는 '케이힌'(도쿄의 쿄(京)과 요코하마의 하마(浜))을 잇는 주로 고가로 지어진 사철 노선이다. 밀도 높은 두 도시 사이를 지상에서 몇 미터나 올라와 있는 고가로, 그리고 고속으로 달리다 보면 크고 작은 건물과 케이힌을 잇는 다른 노선의 열차들이 차창에 다가왔다 멀어지는데 이 스크린은 아무리 봐도 질리지가 않는다. 구묘지로 가는 짧은 여행은 내가 만들어 냈던 시간과 공간 혹은 그 이야기 중에 상당히 좋아하는 축에 속한다. 나는 달리는 열차 안에서 많은 영상을 찍었다. 그 어떤 것도 그 시간과 공간을 완벽하게 반복해 주지는 않겠지만 말이다.

Charles Lloyd Quartet — 「Caroline No」 (Live at Jazz a Porquerolles 2011)

"만나기로 한 장소에서 각자의 할 일을 하며 서로를 지나치기, 이것이 내가 짐작한 이들의 유일한 약속이며, 만나기로 한 장소는 이들이 결코 의지하지 않는 우연이다."

어떻게 시작해야 하는지에 대해 이들이 가장 잘 알고 있는 자들인지는 모르겠으나 여하튼 에릭 할랜드가 그 특유의 가벼운 그러나 섬세한 터치로 드럼을 연주하기 시작한다. 뒤에서 대기 중이던 베이스 주자 루벤 로저스가 웃으며 다가와 에릭의 뒤집혀 있는 청재킷 칼라를 고쳐 주자 두 사람은 서로의 얼굴 또는 눈을 마주치는 대신 각자의 자리에서 서로가 볼 수 없는 미소를 띠우는데, 에릭의 미소가 조금씩 그의 집중력 안으로 사그라져 들어갈 동안 멀찌감치 떨어진 곳에서 피아노 건반 위에 두 손을 올려 두고 있던 제이슨 모런이 두 눈을 감은 채, 홀로 조각나고 있는 에릭의 자상한 리듬 위에 메인 멜로디를 얹는다. 「Mirror」 앨범에 수록된 레코딩 버전보다 훨씬 무겁고 신중해서 제이슨의 주법에 따라 순간적으로 느려진 시간 저 아래에 루벤의 육체 같은 더블 베이스가 자리 잡을 공간이 만들어지고, 시간의 저편으로 풀어 두던 리듬이 슬슬 가까이 다가오며 마침내 눈앞에 고조될 때 이미 은유로 가득 채워져 터지기 직전의 무대 한복판으로 우리의 거장이자 집시 깡패 차림새의 찰스 로이드가 빈티지 색소폰을 들고 등장한다. 그들이 약속한 장소는 어디인가. 그전에 그들은 프랑스 포르크로섬에서 열릴 재즈 페스티벌에서 이 곡을 연주하기로 마음먹고선 직접 말로 꺼냈든 말로 꺼내진 않았든 그래도 최소한의 약속을 했을 것이다. 또 그보다 훨씬 이전에 찰스 로이드를 중심으로 새로운 멤버들이 구성된 콰르텟이 만들어지고 나서 그들이 함께할 첫 스튜디오 앨범에 비치 보이스의 「캐롤라인 노」를 연주해 수록하자고 결정했을 때 서로 간에 약속한 무엇인가가 있을 것이다. 하나의 곡을 네 명이서 함께 연주하고자 할 때 아무래도 무엇인가 하나쯤의 약속은 있을 거라는 나의 짐작이다. 그리고 그것은 각자가 따로 있다가 어딘가에서 만나자고 하는 약속일 것이라는 짐작을 더해 보며 그 장소를 정말 말 그대로의 장소로 비약해서 생각해 보고 싶다. 이 콰르텟이 약속한 장소는 원곡자 브라이언 윌슨이 태어났고 활동했던 캘리포니아주 호손일 수도 있다. 당장 1960년대의 코닥 컬러사진 화질로 반짝거리는 바다와 서핑 보드를 들고 해맑은 척 뛰어다니는 백인 남자들이 보이는데 내 생각에 이 콰르텟은 이곳을 선택했을 것 같지 않다. 차라리 브라이언 윌슨과 동년배인 찰스 로이드의 고향 멤피스일 확률이 더 높고, 짙은 석양 아래로 땅거미가 길게 드리우는 거실 식탁에서 양손에 얼굴을 기대 라디오로 레스터 영이나 찰리 파커를 듣고 있는 꼬마 아이들을 볼 수도 있겠지만 그보다도 내가 좋아하는 생각은 브루클린의 거리다.

커피색 벽지로 둘러진 카페 창문가에 앉아 있는 에릭이 갓 구워져 나온 빵을 눈앞에 두고선 냅킨으로 손을 닦고 있다. 방금 20번가의 코너를 돌아 이 거리로 들어선 루벤은 예의 웃는 상의 얼굴로 그가 지금 산책시키고 있는 개보다 더 경쾌한 발걸음으로 걸어오고 있다. 대학교수처럼 옷을 입은 실제로 대학교수이기도 한 제이슨이 그가 새로 기획한 개인전이 미술 관계자들에게서 철저한 무관심에 시달리고 있는지 여전히 심각한 얼굴을 하고선 택시에서 내리는데 내 상상에서 찰스 로이드는 노숙자다. 그는 처음부터 거리에 색소폰을 베고 누워 잠들어 있었다. 찰스 로이드에 관해선 이상하게 그 모습 말고는 더 이상 아무것도 떠오르지 않는다. 그렇게 드디어 거리에 모여든 그들은 서로를 지나친다. 만나기로 한 장소에서 각자의 할 일을 하며 서로를 지나치기, 이것이 내가 짐작한 이들의 유일한 약속이며, 만나기로 한 장소는 이들이 결코 의지하지 않는 우연이다. 내가 브루클린의 상상을 좋아하는 이유가 그곳이 내가 미국에서 가 본 유일한 곳이기 때문인 것과 비슷하게 사실은 그들도 연주할 때 각자의 표상에 머무르고 있을 것이다. 단지 감각으로 나 말고 누군가 주위에 더 있다는 것을 느끼며 굳이 다른 이에게 보여지겠다는 마음이 없는 혼자만의 미소로 서로를 지나치면서, 어쩌면 그들은 동시에 서울과 도쿄, 베를린에 있을 수도 있다. 공연 영상을 찾아보게 된다면 연주에 녹아들어 머릿속에서 사라져 버릴 이 글처럼 웬일로 뭔가 즐거운 일이 떠올라 그것을 하고자 하는 마음이 들 때 시작도 지나치는 게 좋다.

서울의 박솔뫼

붙이기

"붙일 수 있다.
아무 곳에나."

얼마 전에 와카마쓰 고지 감독의 「벽 속의 비사」 관련 글[3]을 읽다가 재미있는 부분을 발견했다. 이 영화는 와카마쓰 고지의 대표작 중 하나로 1965년 15회 베를린 영화제에 일본 공식 작품으로 선정되었다. 선정이 발표되고 일본 영화계를 중심으로 나라를 욕보이는 영화라며 엄청난 비난을 받았다. 그게 그냥 비난을 받은 정도가 아니라 일본 영화 관련 단체에서 상영을 취소해 달라는 진지한 탄원서를 영화제 측에 여러 차례 보내고 외교부를 통해

[3] ローランド・ドメーニグ,
「仕掛けられたスキャンダル—「国辱映画」
『壁の中の秘事』について」, 『若松孝二 反権力の肖像』,
42~76p.

항의를 하기도 했다고 한다. 일본 영화계 반응만 나빴던 것이 아니라 독일 현지 반응도 나빠서 영화제 상영 직후 관객석에서는 야유가 쏟아졌다고 한다. (불쌍함.)
내가 흥미로웠던 것은 그 이후의 일로 영화제 이후 독일 일반 상영을 위한 더빙판을 만드는 과정이었다. 배급사에서는 더빙판을 만들면서 몇 개의 정사 신을 삭제하고 그 대신 다른 일본 영화의 거리 모습을 넣었는데 그게 꽤 어울리고 그럴듯했다는 언급이었다. 삽입된 영화는 와타나베 유스케의 「두 마리의 암캐(二匹の牝犬)」로 딱히 이 영화가 어울릴 것 같아서라기보다 그즈음 해당 수입사에서 수입했던 일본 영화라 자연스레 그것을 붙인 것 같다. 이 부분이 흥미로웠던 것은 왠지 어떤 영화든 한 영화의 특정 장면을 잘라서 다른 영화에 붙이면 안 될 것 같다는 막연한 느낌이 드는데 그게 왜일까 싶어졌기 때문이다. 양쪽 원작자의 허락을 받지 않은 작업이라는 것이 그 이유겠지만 그런 상식적인 이유 때문이 아니라 왠지 모르게 좀 불순하게 느껴진다. 그런 짓을 하면 안 될 것 같은데. 그러나 한편으로는 뭐 좀 그래도 되지 않나 싶기도 했고, 오히려 한 번쯤 그래 버려야 한다는 생각도 들었다. 아무튼 영화를 만들어서 극장에 상영하는 그런 공식적인 것 말고 나 혼자 이런 짓을 하는 것을 떠올려도 비슷하게 생각이 이쪽저쪽으로 오갔다. 왠지 그러면

안 될 것 같은 동시에 대체 무슨 상관인가 싶기도 한 것. 어쨌거나 이것은 의도적으로 붙여서 만드는 것과는 미묘하게 다르게 느껴졌다. 「벽 속의 비사」 독일 일반 상영은 어떤 의미에서는 굴욕적이었겠지만 나로서는 그거 괜찮은 방법이네……라는 생각, 독일 버전을 보고 싶다는 생각을 했다. 그 부분이 인상적이었던 다른 이유는 지난 2월 자크 리베트의 「사인조」를 보다가 한 생각 때문이었다. 영화에서 기차가 지나가는 장면이 자주 나왔는데 그 장면을 볼 때마다 '저 장면 잘라서 「약칭 연쇄살인마」에 붙여도 되겠다.'라는 생각이 들었다. 아무도 모르지 않을까. 물론 아다치 마사오의 「약칭 연쇄살인마」는 1969년 일본 작품이고 「사인조」는 1988년 프랑스 작품이니 '아 저건 일본에서 볼 수 없는 기차인데?'라거나 '아 1960년대 기차가 아닌데?'라고 알아차릴 사람이 있을지도 모르겠다. 하지만 지나는 장면들 속에서 그런 의심을 하는 사람들이 바로 상상이 되지는 않았다. 그런 사람을 생각하지 않고 내가 하고 싶은 생각만 잠시 하면서 나무는 기차는 하늘과 꽃은 그러니까 풍경은 어떨 때는 굉장히 개별적인 듯하지만 막상 붙이면 어디에나 붙는 물질처럼 느껴졌다. 붙일 수 있다 아무 곳에나.

어제는 회사 화장실에서 갑자기 시간이 지난 후 만나게 되었다면 좋았을 사람들이 떠올랐다. 그 사람은 음악을 하는 미국 사람이었는데 이름도 얼굴도 기억나지 않지만 가끔 그 사람이 만든 음악이 떠오를 때가 있었다. 그런 것이 생각보다 자주 떠오르다가도 지금이 아니라 그때 만난 이유가 있었겠지라는 식으로 쉽게쉽게 다른 생각을 해 버린다. 순간적으로 다른 곳에 있는 기분이 든다.

와카마쓰 고지가 1965년 당시의 독일 일반 상영 버전을 본 것은 40여 년 뒤인 2005년 프랑크푸르트에서 열린 5회 닛폰커넥션 영화제에서였다고 한다. 그의 반응은? 엄청 놀랐다고 한다. 와타나베 유스케의 반응까지는 모르겠다. 그는 1985년에 죽었다. 아무튼 무언가를 갖다 붙이면 의외로 붙어 버리는 것 같다. 이것은 각기 다른 사람이 만든 서로 다른 영화를 붙인 것이지만 가끔 글을 읽다 보면 한 사람이 쓴 것인데도 아 이거 붙인 것 같다 싶은 것을 읽을 때가 있다. 베꼈다거나 소화되지 않은 것을 썼다라는 뜻이 아니라 혼자서 구별된 물체가 거기 있을 때. 한 사람이 썼지만 왜 거기 있지? 지나가다 버린 길 위의 봉투 같은 부분. 그런 것은 신기하고 재미있는 것 같다.

사회학 수업

"학생들과 정이 들어 언젠간 헤어진다는 게
좀 슬프게 느껴지려 할 때면, '수업하는 나'는
어디까지나 상황으로서의 그들이 주물러 놓은
일시적인 형상이라는 사실을 잊지 않으려 한다."

사람이 반복해서 카메라 앞에 서게 될 경우, 특히 카메라 앞에 서는 직업을 의도하고 오랫동안 준비해 온 경우가 아니라 원래는 그럴 의도가 없었지만 어쩌다 그런 일이 반복되어 말하자면 '일반인'이 '방송인'이 되어 갈 경우, 점점 예뻐진다거나, 표정과 말투가 자연스러워져 한결 보기 좋게 된다거나 하는 일이 있는데 우리는 그런 경우를 일컬어 카메라 마사지를 받는다고 한다. 그러나 그 사람의 외모 변화는 물론 카메라나 조명이 무슨 짓을 해서 일어난 것이 아니다. 그것은 피사체 당사자가 반복 경험과 모니터링을 통해 촬영된다는 상황에 대해 더 잘 이해하게 되거나 더 철저히 준비하게 되었음을, 상황에 대한 지식과 통제력을 확보하게 되었음을 말해 주는 것이다. 그러니 사람이 점점 특정 상황에 익숙해진다는 걸 표현하는 거라고 보아야 할 텐데, 사람이 좋은 피사체가 된다고 하지 않고 카메라가 마사지를 한다고 한다. 여기에는 상황의 행위주체성이라고 할 만한 것이 있다.

이런 쓸데없는 생각은 최근에 내가 어떤 시선도 받지 않는 상태로, '다양한 수준으로 촬영된다는 상황을 의식하고 하는 행동들'을 일방적으로 보기만 하는 시간이 늘었다는 자각 뒤에 온 것이었다. 쉽게 말해 집에서 혼자 멍하니 유튜브 동영상 보는 시간이 늘었다는 뜻이다. 이렇게 일방적으로 보기만 하다 문득 지금 내 꼴이 어떨까 생각해 보면 우습기도 하고 무섭기도 하다. 촬영 장비 앞은 아니더라도 어쨌든 마사지하는 눈에 해당하는 상황이 거의 사라진 채 오랫동안 시간을 보내면 그야말로 존재가 흐물거리게 될 수도 있겠다 싶었다. 코로나 바이러스로 인해서 '일반적으로' 사람들의 필수적이고 반복적인 상호작용이 축소되거나 비대면화된 상황 속에서도, 유학생이고 대학원생인 나는 그 무대의 철거를 상당한 수준으로 체감하는 쪽일 것이다. 그렇다고 계속 혼자만 있었다면 이런 생각에 다다르지 않았을 것이다. 지난 1년 반 동안, 내게는 역할이 아주 뚜렷하며 고강도의 통제력을 요하는 반복적인 대면 상호작용이 하나 있었다.

봄과 가을, 주2회 학교로 수업을 나간다. 사립대학 R의 계열교인 중고교 일관제 남학교에서 고3 선택과목으로 사회학을 가르친다. 이곳 면접을 제안받았을 때에는 고등학교라서 하기 꺼려졌지만 딱 그만큼 고등학교라서 하고 싶었다. 대학이 아니라 고등학교의, 그것도 외국어 과목이 아니라 사회학의 외국인 선생님이라는 게 당사자인 내게 이야깃거리로 느껴졌기 때문이다. 일은 작년 4월부터 시작했는데 첫 학기는 대부분 온라인이었으므로 매주 교실에 서서 떠드는 건 1년 된 루틴이다. 수업을 하는 건 너무 힘들지만 이번이 전 학기보다 나았고 전 학기는 온라인이었던 그 전보단 나았다. 첫날부터 교실에서 만날 수 있었던 지금 학생들과는 (물론 전부는 아니고 일부와) 사이가 더욱 좋아졌는데 어느 정도인가 하면 쉬는 시간과 수업 종료 후의 15~30분의 학생들과의 대화가 삶의 활력소가 된다고 느낄 정도다. 우리의 사이좋음은 내 수업이 좋다든지에 앞서 내가 그 학교의 외부자라는 사실에서 기인한다. 우리가 만나는 환경에 대해 나보다 그들이 더 잘 안다는 사실은 그들과 '학교 교사' 사이의 약하지만 존재하기는 하는 전선에서 연합할 수 있는 하나의 끈이 된다.

최근에는 이런저런 일에 쫓겨 너무 바쁘고 잠이 부족해, 좋은 수업, 효율적인 내용 전달은 고사하고 교실에서 제정신인 사람으로 보이는 게 최선이라는 생각으로 수업을 한 적이 있다. 그런데 수업을 마치고, 내게 있어서는 바로 이 점이 중요하단 생각을 했다. 수업을 하니까 바빠지는 것도 맞지만, 수업 스케줄이 없는 상태로 계속 혼자만 있었다면, 정신줄을 잡는 훈련의 기회를 놓쳤을 것 같다. 물론 좀 흐릿하게 살아도 괜찮고 혼자 있을수록 명징해지는 사람도 있다. 하지만 내게는 내가 쓰러져도 그 역할은 쓰러지지 않는 뭔가가 있다는 게 도움이 된다는 얘기다. 또한 학생들과 정이 들어 언젠간 헤어진다는 게 좀 슬프게 느껴지려 할 때면, '수업하는 나'는 어디까지나 상황으로서의 그들이 주물러 놓은 일시적인 형상이라는 사실을 잊지 않으려 한다.

서울의 박솔뫼

버스 타기

"나는 주변 사람들 모두가 인정하는 '내가 아는 최고의 길치이자 방향치'인데 그래서인지 꿈에서도 나에게 길을 알려 주거나 약도를 그려 주는 사람을 종종 만나게 된다."

어젯밤 꿈에 버스를 타고 삿포로에 갔다. 아무런 준비 없이 떠난 것이라 숙소도 예약하지 못했고 가서 무얼 할지 계획도 없었다. 도착한 터미널은 아이보리색 페인트로 칠해진 작고 오래된 건물이었다. 건물 입구가 거리를 두고 나뉘어 있었고 중간에 검은색 페인트로 쓰인 숫자로 구역이 구별되어 있었다. 버스 창에 기대어 내리는 눈을 보며 왜인지 나카지마 공원으로 가야 해!라고 생각했다. 터미널에는 여러 색의 플라스틱으로 된 의자가 있었고 나는 거기 앉아서 작은 지갑에 든 동전을 세서 표를 사야겠다고 생각했다.

외국에서 머물다 집으로 돌아오면, 어제까지 아침에 일어나 문을 열면 왼쪽에 자주 가던 카페가 있고 그대로 걷다 보면 공원이 나왔는데 왜 오늘은 자다 깨서 문을 열고 나가 걸어도 공원이 안 나오는 것일까 순간적으로 그것이 너무나 이해할 수 없는 일처럼 느껴진다. 잠을 자고 깨어나고 짧은 순간 여기가 어디인지 정할 수 없는 장면에 머물고 있다. 나는 주변 사람들 모두가 인정하는 '내가 아는 최고의 길치이자 방향치'인데 그래서인지 꿈에서도 나에게 길을 알려 주거나 약도를 그려 주는 사람을 종종 만나게 된다. 그 사람들이 그려 주는 약도는 나는 이곳에 있는데 문을 열고 나가면 샌프란시스코에 있는 공원이라거나 그랬고 사람들은 그것을 세심하게 그려서 천천히 설명해 주었다. 나는 그것을 늘 소중히 받았다. 약도를 손에 품고 나는 길을 걸어갔다.

나는 나카지마 공원에 가야겠다고 너는 거기 있는 숙소에 묵으면 돼!라고 스스로를 안심시키며 어느 나라 동전인지도 모를 은색 동전들을 손바닥에 놓고 개수를 세고 창구로 가 종이로 된 표로 바꿨다. 종이로 된 표를 받아 들고 원래 앉아 있던 플라스틱 의자에 앉아 그래 공원으로 가면 돼라고 생각하면서 잠이 들었는데 그렇게 잠이 들었다가 눈을 뜨니 새벽이었다. 나는 옆에서 어머니와 통화를 하는 재일 교포 남자의 목소리에 잠에서 깼다. 그 사람은 나에게 여기서 밤을 샌 거냐고 물어봤다. 나는 피곤해서 잠이 들어 버렸다고 했다. 그 사람은 다른 버스를 기다린다고 했다. 기타를 메고 있었고 삿포로 근교에 사는 어머니를 보러 간다고 했다. 나는 코트를 입고 머플러로 목과 얼굴을 감싸고 있었다. 가늘게 눈이 흩날리고 있었다. 그는 자신의 어머니가 궁금하면 같이 보러 가도 좋다고 했다. 왜인지 그 사람의 어머니가 독특하고 재미있는 사람처럼 느껴졌던 것 같다. 나는 이 사람은 내가 서울에서 삿포로까지 버스를 타고 온지 모르겠지 생각했다.

잠에서 깨어 문득 이것은 나쁘지 않은 로드무비의 시작이라는 생각을 했다. 그런데 아주 좋은 것도 아니다. 이러한 꿈을 꾼 것은 자기 전에 삿포로가 배경인 탐정소설을 읽으며 삿포로에 가고 싶다고 생각을 했기 때문이고 안창림의 인터뷰를 보며 조선학교에 대해 생각했기 때문이다. 이것을 쓴 것이 어제이고 나는 또 다른 어젯밤 또 무언가를 타고 어딘가에 갔다. 아침에 눈을 떠 세수를 하면서 엊그제는 버스를 탔는데 오늘은 또 이걸 타고 가네 신기하다고 생각했다. 그런데 옷을 갈아입고 나와 일을 하러 책상에 앉자 어젯밤에 어디에 갔는지 아무것도 기억이 나지 않았다.

베를린의 이상우

Daft Punk — Giorgio by Moroder

"숲이나 해변, 스키장도 좋지만
숲이나 해변, 스키장에 있는 카페나
레스토랑의 상상은 훨씬 더 좋다."

조르조 모로더는 로스엔젤레스에서 걸려온 전화 한 통을 받는다. 발신자는 다프트 펑크의 토마스 방갈테르. 토마스는 조르조에게 혹시 당신의 삶에 대해 이야기해 주고 싶은 생각이 있는지 물었고, 그들은 곧 파리에 있는 스튜디오에 모여 조르조의 기억을 녹음한다.

이 9분짜리 트랙은 혼자 기타를 치던 이탈리안 소년 조르조가 뮤지션이 되길 결심하고 독일로 넘어가 호텔 라운지와 디스코텍에서 일하며 미래의 사운드를 만들기 위해 전전긍긍하다 깨달음을 얻게 되기까지의 여정을 다루는 동시에 신디사이저의 역사와 현재를 잇고자 하는 다프트 펑크의 경외 혹은 야망을 담았다. 조르조가 회상하는 시기마다 10년 단위로 다른 마이크를 사용해 조르조의 목소리를 녹음하거나 내러티브에 따른 유기적인 사운드 변화, 오마르 하킴, 나단 이스트, 폴 잭슨 주니어라는 7, 80년대를 주름잡았던 업계 최고의 스튜디오 세션 참여 등 이 신디사이저 대서사시에는 여러 아름다운 디테일이 녹아 있지만, 내가 관심 있는 것은 이 트랙에서 가장 먼저 들리는 소리다. '내가 열다섯, 열여섯 살 즈음, 진지하게 기타를 치기 시작했을 때' 안 들어 본 사람이 없을 이 유명한 첫 소절이 시작되기 직전에 들리는 소리. 접시가 포크와 나이프에 긁히고 유리잔들이 마주치고 그런 물체들 사이로 떠도는 여러 사람의 말소리들.

토마스는 이 트랙에 실제 레스토랑의 사운드를 넣고 싶어 했고, 그의 요청에 영화제작사 워너 브로스의 폴리 아티스트는 스무 명 가량의 손님들이 식사 중인 레스토랑에 가서, 접시와 포크 앞에 마이크를 달아 두고 소리를 녹음해 왔다. 굳이 이 사실을 알기 이전에도 그려졌을 거라 생각하지만 이 점을 염두에 두고 다시 감상하면, 보다 또렷이 레스토랑의 테이블에 앉아 있는 조르조 모로더를 들을 수 있다. 믹싱된 목소리의 정위감이 정말 가깝고 자연스러워서, 조르조는 하나의 식탁보를 공유하며 우리와 같은 테이블에 앉아 있다. 꿈에서 깨어나듯이 혹은 꿈속에서 깨어나듯이 단지 감았던 눈을 떠 보니 이미 일어나고 있는 일처럼 트랙을 재생하자마자 우리는 어딘지 알 수 없는, 그러나 괜히 익숙한 레스토랑에 앉아, 자신의 어린 시절에 대해 이야기하고 있는 조르조를 마주하고 있다. 다소 소란스럽고 활기 넘치는 다른 손님들의 몸짓, 또 웃음과 말소리를 배경으로 팔짱을 끼거나 먼 곳을 보면서, (얼굴은 없는) 조르조가 담담하게 이야기를 이어 나갈 동안, 주위에서 식사를 하던 사람들이 휘파람을 불면 우리가 앉아 있던 레스토랑의 풍경은 정확히 1970년 베를린의 디스코텍으로 바뀌고 조르조가 미래의 사운드에 대해 깨닫는 순간에는 메트로놈 소리가 되어 완전한 어둠이 되었다가는 곧 그 침묵 속에서 피어오르는 신디사이저 연주와 함께 시공을 초월한 차원이 되어 쏟아져 나간다. 집으로 돌아갈 힘이 없어 일을 마치고 차에서 잠을 자던 조르조가 마침내 그의 차를 운전해 우주로 나아가는 것처럼.

코로나 이후 독일의 강도 높은 락다운 규제로 레스토랑에서의 취식이 금지되었기 때문에 한동안 외식이 불가능했다. 내가 그 기간 동안 집에 머물며 가장 많이 상상했던 것은 역시 금지된 카페나 레스토랑에 앉아 있는 일이었는데 자주 다니거나 그런 곳에 가는 일을 아주 좋아하지는 않았음에도 처음 가 보는 낯선 공간에 테이블 위로 술잔과 접시가 놓인 풍경은 상상하기 좋았다. 숲이나 해변, 스키장도 좋지만 숲이나 해변, 스키장에 있는 카페나 레스토랑의 상상은 훨씬 더 좋다. CM이나 영화, 드라마 등의 미디어를 통해 현대의 레스토랑 이미지가 본격적으로 보급되기 시작하던 내 어린 시절로부터 비롯된 환상이랄지, 어린 나에게 레스토랑은 언제나 안락하고 안전하고 세련된 곳이어서 어른 또는 어른이 된다는 이미지와 겹쳐 있었기 때문에 그런 과거의 유치한 인상이 지금의 나에게까지 조금은 연결되어 있는 것 같다.

얼마 전, 백신 보급으로 락다운이 완화돼 오랜만에 콜비츠 거리에 있는 태국 레스토랑에 다녀왔다. 저렴하고 친절해서 좋아하던 레스토랑이고 독일에서 1년 4개월 만의 외식이었다. 1년 4개월이라니 와. 1년 4개월. 자전거를 타고 콜비츠 거리까지 가는 길에, 이 기나긴 시간 동안 외식에 굶주렸던 많은 이들이 제각기 좋아하는 레스토랑 야외 테이블에 앉아 있는 모습을 볼 수 있었다. 나는 주문한 치킨 팟타이와 망고라씨가 나오길 기다리며 야외 테이블에 앉아 있었다. 바람에 날아가 바닥에 떨어진 냅킨을 주우면서도 하하호호 행복해 보이는 독일인 가족들이 아주 긴 테이블을 함께 사용하고 있었고, 여러 테이블에서 여러 사람들이 여러 언어로 대화하고 있었다. 그런 것들을 앉아서 바라보고 있는 일이 징그러웠다. 다행히 팟타이는 여전히 맛있었지만 매번 그랬듯이 망고라씨는 팟타이와 함께 먹기에는 너무 갈증이 나서 콜라를 주문했어야 했다고 또 후회했다.

「Random access memories」 앨범이 발매되고 2년 뒤, 조르조는 《wired》와의 인터뷰에서 최근의 기억 하나를 떠올린다. "가족과 함께 레스토랑에서 식사를 하고 있었는데 한 남자가 다가와 저에게, '당신 조르조 모로더예요?'라고 묻더군요. 제가 '어떻게 아셨어요?'라고 되묻자 그가 대답했죠. '아, 난 그냥 저기에 앉아 있었는데 당신의 목소리가 들렸어요.'" 그 남자가 들은 것이 단지 조르조의 목소리였을까. 그는 조르조의 목소리 주위에 있는 레스토랑, 즉 안락하고 안전한, 우리가 언제까지고 믿고 싶어 하는 미래라는 환상을 들은 걸지도 모른다.

아무것도 모르겠는 채로
드라마를 쓰고 있습니다.

Blvd

상우는 이 오디오가 얼마나 엿 같은지 알지 못한다. 뮤조2네요? 오…… 이걸 여기서 보게 되다니. 3년만인지 4년만인지 보는 상우가 작업실에 와서 오디오를 보며 약 10분간 경외했다. 가격에 부합한 리액션이라 흡족했다. 이 오디오가 컴퓨터와 페어링 하기 위해 반드시 전원을 켰다 끄고 다시 한 번 켜야 한다는 사실은 모르겠지. 티브이와 무선으로 연결했을 때 20분마다 한 번씩 연결이 풀려 사람 속을 뒤집어 놓는다거나 유선으로 연결해 봤자 절대 연결이 되지 않는다는 것도 모른다. 나는 이 모든 걸 은폐함으로써 오디오의 명예를 지켜 내고 있다.

돌이켜 보면 많은 것들이 변했네, 같은 느낌은 아니다. 변화하고 있고 변화를 느끼고 있고 그 속도를 의식하고 있고 때론 사람들이 나를 의아하게 쳐다보면, 제가 늦었네요, 잠시 님들에 대해 생각하고 싶지 않았어요. 상우는 더 이상 스무 살 때처럼 술을 마시지 않는다. 나는 정신 차려 보니 골프 연습장에서 채를 휘두르고 있다. 미친 게 아닌지. 농구를 그만두고 야구를 시작하던 마이클 조던을 생각한다. 트위터에 '간지'라고 썼다가 지운다. 반윤희, 배정남과 동창회를 하고 싶지 않다.

지난 여름엔 모퉁이를 돌 때마다 새로운 얼굴들이 쏟아졌다. 마음속으로 누군가들을 평가하며 여름을 보냈다. 여행지를 평가하듯이. 누군가의 장점을 찾아내는 데 탑티어급 재능이 있다. 장점을 조속히 발견하고 그 사람의 지배적 이미지로 설정한다. 그리고 사랑해 버림. 아무렇게나 사랑해 버린 사람들에 대해 이야기할 때면 그 사람들을 좀 더 겪어 본 사람들이 은밀하게 경고장을 제출해 온다. 그 사람의 좆같음에 대해 당신에게 고발합니다. 보통의 절차는 이런데, 아무에게도 고발당하지 않는 두 사람을 만난 적이 있다. 둘은 업계에서 20년 이상 일한 사람들이고, 공통점은 자연스러운 무드다. 「유퀴즈」를 진행하는 유재석처럼 주도권을 쥐고 있으면서 상대에게 주도권이 있는 것처럼 굴었다. 호의를 남발하지 않는 선에서 호의적이었다. 농담을 곁들이며, 농담의 질이 좋으면 좋은 대로 후지면 후진대로 웃게 했다. 대화의 BPM을 편안한 속도로 디자인해 냈다. 무엇보다 누구도 눈치채지 못하게 이야기의 흐름을 원하는 방향으로 바꿨다. 모든 게 아주 자연스러웠다. 모두들 그 자연스러움을 좋아했다.

'자연스럽다'란 단어는 어폐가 있다. 자연스러움은 자연스럽게 나오는 게 아니지 않나? 만렙 스킬 아닌가? 이 사람들이 만들어 낸 자연스러운 무드에 오랜 시간 사로잡혔다. 룰을 어기고 모난 부분을 과시하는 방식은 이제 그저 그런데, 이건 흐름인지 나이 먹어서인지 모르겠고 알고 싶지 않다. (동창회는 가기 싫습니다.) 뉴진스의 데뷔곡, 뱅크투브라더스의 무빙 같은 것들을 자연스러움의 선상에 놓는다. 한쪽은 자연광으로 한쪽은 RGB톤으로 상반되는 색감이지만, 내게 전달되는 감상은 비슷하다. 극강으로 응집된 기획의 목적이 자연스러움과 Chill을 향하고 있고, 내가 그 목적에 감화될 때 조졌다…… 원하는 게 생겼다…… 이건 아주 슬픈 일이다.

'억텐'이라는 단어가 태어났다. 억지 텐션. 이 따끈한 단어를 다들 쓰고 싶어 하는 것처럼 보인다. 억지의 무언가를 야유하고 싶어 한다. 모두들 그 만렙 스킬을

선호하나 보지. 해당 스킬의 권위자 '침착맨'이 구독자 수 200만을 향해 순항 중이고(지금은 200만을 넘어섰다.), 저는 그중 1이다. 잠들기 위해 라디오가 필요했던 고등학생은 20년이 지나도록 이 습관을 버리지 않았고(이 습관의 원조는 아버지 권창혁 씨이고 내가 계승 중), 다만 라디오에서 유튜브로 매체가 바뀌었다. 밤의 디스크쇼와 고스트 스테이션의 계보에 침튜브를 등재했다. 그의 편안한 개소리는 불면에 효과가 있었다. 점점 의존도가 높아졌다. 작업을 하다 보면 이 세상의 모든 좆같음이 내게로 향하는 구간이 있다. 지구 위에 저 혼자 있는 것 같아요. 그때 작업을 하면서 침착맨의 방송을 음악처럼 틀어 놨다. 신경안정제 같은 기능이었다. 그의 자연스러운 평상심이 내게 번지길 바라면서. 그러나 나에게 자연스러움은 평상심이 아니다. 내게 그런 평상은 없다.

빌려간 책들이 반납이 안 되고 있다. 물론 빌려온 책들도 마찬가지다. 심지어 한 페이지도 열어 보지 않았고, 그건 빌려간 친구들도 마찬가지일 것이다. 하지만 우리는 아직도 책을 좋아하는 척에 열중하고 있군요. 각자 도착하고 싶어 하는 마을을 정하지도 못하고.

내 상태를 살피고 다독이는 것도 가끔 업무 같아서 퇴사하고 싶지 않나? 잠에서 깨 더더욱 잠에서 깨어나기 위해 인스타를 연다. 일종의 조례 같은 거다. 억텐의 광고

피드에 현혹되어 세 번을 돌려 보다가 블로그에 내돈내산을 검색해 확실한 후기를 검증한다. 이거 봐, 다 구라네. 나는 현혹된 게 아니라 검증하려던 거임. 크림에 들어가 발매할 운동화를 살펴보고 응모할 계획을 세운다. 내일 10시네? 꼭 응모해야지. 다음 날 2시에 일어났다. 술도 그만 마셔야지. 산토리 위스키는 언제 풀린대? 당분간은 제임슨으로 버텨야겠네. 하이볼엔 제일 낫더라고. 병도 간지 나고 말이야. 간지…….

아직 프랭크 오션의 오렌지보다 좋았던 건 없다. 매일 상상코로나와 싸우며 캘리포니아의 광량을 생각하고 쿠바의 멜로디를 쫓고 안전모를 쓴 채 공사장에 서 있는 나를 상상한다. 나는 건축가가 되었고 비가 많이 오면 내가 지은 건물들을 걱정한다.

2006년에 누나는 동기들 중에 가장 세련된 소설을 쓰는 사람이었다. 내 기준에서의 세련된 소설이란 정서적으로 자만과 겸손이 절묘하게 수반되어야 하는 일이다. 너무 예민해야 하고, 사실은 정말 많은 사람들을 아울러야 가능한 일. 그때의 누나가 그렇게 지냈었는지 내가 판단할 수 있는 건 아니다. 그저 나 개인적으로 생각나는 장면들이 있다. 다 함께 있거나 혹은 혼자 있는 모습들. 매일매일 솟아오르고 추락하는 기분들을 이제 다스릴 줄 안다고 자신하고 배신당하며, 그 어떤 기쁨으로도 아직은 후회나 수치심을 도저히 홀로 감당하기 어려운 나이. 나는 스물네 살이라는 나이를 떠올릴 때, 나보다도 누나의 스물네 살을 더 먼저 더 많이 떠올리는 것 같다. 내가 만난 최초, 최고의 스물네 살.

by 이상우

메모, 멜로디

“정작 어둠 속에서 메모를 남기고 싶은
순간에는 수중에 아무것도 없었다.
뭔가 놓친 게 있는 것 같은데,
그렇게 영화관을 나왔다.”

1980년대 후반 요코하마의 M대학을 다닌 사토 신지는 학내 음악 서클 ‘송라이츠’에서 대단한 사람으로 여겨지는 회원이었다. 그는 친구 한 명, 후배 한 명을 끌어들여 덥 밴드를 결성한다. 이후 베이시스트와 키보디스트를 보강해 클럽과 대학 축제를 중심으로 공연을 하다 한 음반회사와 정식 계약을 맺는다. 첫 앨범 녹음은 1991년 호주 멜버른에서 이루어졌다. 버블이 꺼지지 않았던 시기였고 밴드 붐도 있었기에 어제까지 평범한 대학생이었던 이들이 갑자기 해외에서 유명 세션들과 데뷔작을 만드는 일도 벌어졌다. 안타깝게도 밴드는 그리 잘 되진 않았다. 소위 망한 건 아니었지만, 팔리기 위해 이런저런 제약을 받아들이고 노력한 것 치고는 반응이 없었던 것이다. 사토는 노트에 팔리고 싶은 이유와 팔리고 싶지 않은 이유를 각각 적어 두었다. 평범한 것들이었다.

평범한 스트레스 속에 그래도 밴드가 조금씩 인기를 얻어 가던 중, 사토의 친한 친구이자 기타를 쳤던 오지마 겐스케가 밴드를 탈퇴한다. 이듬해 사토를 본 순간 '첫눈에 반했다'고 표현했던 키보디스트 하카세 선이 탈퇴한다. 멤버는 세 명이 된다. 3인 체제가 된 이후 그들은 회사를 옮기고, 1996년부터, 발매 당시에도 시간이 아주 많이 흐른 지금까지도 명반으로 회자되는 앨범을 연달아 세 개 발표한다. 스케줄의 문제도 있지만 창작력의 밀도로 치면 거의 차력 같은 3년이었을 것이다. 1998년, 3인 중 한 명인 베이시스트 가시와바라 유즈루가 탈퇴를 선언한다. 연말에는 3인 밴드로서의 마지막 투어를 한다. 타이틀은 '남자들의 이별'. 공연 중 한 번은 사토가 이런 멘트를 한다. 10년간 해 왔는데 앞으로 10년 후에는 누가 남아 있을지 모르겠다고. 관객이 말한다. 그런 쓸쓸한 얘긴 그만둬. 사토는 말한다. 근데 사실이잖아. 그리고 한 관객은 그 이야기가 괴로웠는지 중간에 라이브장을 떠났다고 회고한다.

이상은 내가 화요일에 본 영화 「피시만즈(fishmans)」를 다시 떠올리는 하나의 방법이다. 밴드 피시만즈를 만든 사토 신지는 1999년 3월에 세상을 떠났다.

나는 언젠가 영화 잡지사 기자로 일한 적이 있다. 만일 그 일을 계속했다면 영화를 보고 그것을 기억해서 누군가에게 말해 주거나 쓰는 일에 대해 무엇인가 특별히 생각한 바나 쓰고 싶은 바가 있었을지 궁금하다. 영화를 보는 것과 영화를 보기 전에 정보를 얻는 일, 보고 난 뒤에 그걸 다시 떠올리는 일은 분리할 수 없는 것 같고 이런 경험의 관계에는 분명 심오한 세계가 있겠지만 내가 가진 평범한 대처는 메모였다.

영화의 프리뷰 기사를 쓰기 위해 어둠 속에서 열심히 메모를 쓴 기억이 있다. 「닌자 어새신」이라는 영화였다. 메모라는 할 일이 있어 다행이었다. 그러나 정작 어둠 속에서 메모를 남기고 싶은 순간에는 수중에 아무것도 없었다. 뭔가 놓친 게 있는 것 같은데, 그렇게 영화관을 나왔다.

피시만즈는 2005년쯤에 인터넷을 통해 알게 되고 좋아한 밴드다. 신촌 기찻길에 있던 술집이자 공연장인 '공중캠프'에서는 많은 시간을 보냈다. 사토 신지와 가장 먼저 탈퇴한 오지마 겐스케를 제외하면 나머지 멤버 세 명다 그곳에서 실제로 만나 본 적도 있는 것 같다. (착각일지도 모른다.) 내 20대 늦게까지 놀았던 밤은 언제나 그들의 음악과 함께였지만 사실 그 음악을 만든 사람들과 주변 사람들에 대해서는 잘 몰랐다. 사토 신지는 상상했던 대로 어디에 있어도 놀라움을 주는 사람이었던 것 같지만 그 영화에서는 그런 천재로서의 그보다 함께 일하는 사람들이 금전적인 문제로 곤란해지지 않을 수 있게 균형을 잡는 데 많은 노력을 기울이느라 계속해서 지친 얼굴을 보여 주는 사람으로 등장했다.

영화의 팸플릿을 한 장 집에 가지고 왔다. 사토 신지가 쓴 많은 노랫말 중에 포스터 홍보 문구로 채택된 것은 '음악은 마법을 부른다.' 글자를 보자마자 흥얼거릴 수 있는 「멜로디」라는 곡이다. 곡명은 '멜로디'이지만, 여기에서는 가사밖에 적을 수 없다. 흘러가는 음악, 어두운 멜로디, 네가 보낸 메시지, 보이는 풍경, 창틀이 잘라 낸 대로, 연필로 그린 것 같은…….

얼마 전 상우 씨가 내게, 무카이야 미노루가 유명한 철도 마니아로, 도쿄 메트로의 도자이센과 교토의 게이한 전철, 규슈 신칸센의 발차 멜로디를 작곡했다는 흥미로운 사실을 알려 주었다. 무카이야는 일본의 퓨전 밴드 카시오페이아에서 활동했던 키보디스트라고 하는데, 상우 씨가 보내 준 영상을 보니 무대 위에서도 전차 안에서도 세상에서 가장 행복해 보여서 조금 짜증이 나기까지 하는 인물이었다. 어쨌든 당장은 교토와 규슈에 갈 수 없으니 도쿄에서 쉽게 탈 수 있는 도자이센을 탔다. 목적지가 있는 것이 아니라 오로지 발차 멜로디를 듣기 위해서라고 동행해 준 사람에게 말했더니, 그가 장난스레, 한 역을 지날 때마다 전 역의 멜로디가 무엇이었는지를 물었다. 놀랍게도 혹은 당연하게도 나는 전혀 기억하지 못했다. 우리가 다음 역에서 다른 발차음을 들을 때, 그 전의 역의 멜로디는 거짓말처럼 사라져 버렸다. 그가 '네가 지난 5년 간 거의 매일같이 이용해 온 마루노우치센이나 긴자센에도 역마다 다른 멜로디가 있다'고 말했다. 그렇지만 나는 그 멜로디들을, 멜로디가 있었다는 사실조차 떠올릴 수 없었다.

얼마 전 학교에 가는 길에 문득 멜로디 생각이 났다. 마루노우치센의 오테마치 역이었다. 열차의 문이 닫히기 전에 플랫폼에 분명하게 멜로디가 울려 퍼졌다. 따라란 딴, 따라란 딴, 따라란따라란 딴. 이제는 내 곁에서 사라진 그 사람이 말해 준 것처럼 정말로 매일같이 듣던 소리였다. 또 뭔가 놓친 게 있는 것 같은데, 내려야 할 역에서 나는 생각했다.

서울의 박솔뫼

『2666』 읽기

“그런 생각을 하다 보면 하다 보면?
나는 그것을 그런 아주 여러 가지 것을
손에 쥐고 있다고 느끼는 것 같다.”

엊그제인가 며칠 전 꿈에서 나는 서점에 『2666』의 다음 권이 진열된 것을 보았다. 서점에 진열된 볼라뇨의 『2666』 6, 7, 8 권은 이전 표지와 같은 작가의 작품처럼 보이기는 했는데 이전 권들처럼 선명한 색이 아니라 약간 푸른색이 섞인 회색으로 각 권이 진하기만 조금씩 달랐다. 서점 바닥과 문이 나무였고 가 본 적은 없지만 사진으로만 본 뉴욕 반스앤노블 같은 대형 서점과 비슷한 분위기였다. 『2666』 다음 권이 나온 지도 모르고 정신없이 살았네 꿈을 꾸면서도 그렇게 생각했다. 기쁘고 들떴다. 친구들에게 말해줘야지. 아무튼 『2666』 다음 권을 볼 수 있는 것이 무척 좋았다.

10년쯤 전에 부모님과 여행을 갔을 때 침대에 놓인 볼라뇨 소설을 펼쳐 보다가 작가 약력을 뚫어져라 보던 엄마는 이 사람 너희 아빠랑 나이도 같고 아픈 데도 같네라고 말했다. 이후로 볼라뇨를 읽을 때면 볼라뇨는 1953년 칠레에서 태어났으며 간이 아팠고 50세에 죽었다는 생각을 한 번은 하게 된다. 아빠가 돌아가시고 몇 주가 안 지나 볼라뇨의 꿈을 꾸고 나니 새삼스럽게 볼라뇨가 정말 일찍 죽었구나 예전에는 그래도 그 정도면 할 일은 한 사람이라고 생각했는데 50살은 너무 이른 것 같다는 실감을 눈을 뜨며 했다. 아빠랑 나이가 같고 훨씬 일찍 죽었다. 그런 생각을 하다 보면 스티브 잡스는 아빠보다 어리고 이 사람도 간이 아팠다는 것이 떠오른다.

아빠가 아직 중환자실에 계실 때였나 엄마는 아빠가 뜬금없이 거실에 걸린 그림을 보고 저 그림을 보면 정말 작가가 간첩이라는 게 보인다고 말했다는 이야기를 했다. 뭔가 드러내지 못하고 숨고 싶어 한다니까……. 작가가 간첩이라고? 그때 나는 집 거실에 걸린 그림이 뭔지 떠오르지가 않아서 아빠가 왜 그런 말을 했을까 나중에 봐야겠다 재미있는 이야기네 말했다. 장례를 마치고 광주

집에 와서 거실을 봤을 때 거실에 걸린 그림은 교외에 작은 집과 나무가 서 있는 유화였고 평범한 느낌이었다. 그런데 그림을 다시 보니 집 옆으로 심어진 나무 말고 집 앞으로 심어진 나무가 한 그루 있었고 그것이 그림을 어딘가 이상하고 불안해 보이게 했다. 나는 엄마에게 그림이 진짜 조금 이상하다고 말했다. 식탁에서 엄마는 아빠가 정말 바로 얼마 전에 뜬금없이 거실 소파에서 그 이야기를 했다고 했다. 나는 이 이야기를 직접 들은 것도 아닌데 아빠가 그 이야기를 하는 것이 아빠의 목소리로 생생하게 들렸다. (여기에 아빠는 이렇게 덧붙인다. 내가 언제 간첩이라고 했는가 자네는 참.)

이전에 들었던 화가의 이름으로 이력을 찾아보니 양수아라는 이름으로 활동했던 그는 일본에서 유학을 마치고 돌아와 목포에서 미술 선생으로 일하다가 지리산으로 들어가 빨치산으로 활동했다고 한다. 양수아가 지리산에서 한 것은 자세히 알 수 없지만 빨치산 동료들의 얼굴을 그려 주는 정도인 것 같은데 그 이력이 이후 그의 활동을 어떤 식으로든 막은 듯했다. 빨치산을 간첩이라고 할 수는 없지만 그 그림을 보면 이 사람은 가방을 들고 문을 열고 나와 사람을 보면서 웃으며 인사하는 식으로 살기는 힘들었을 것이라는 것이 느껴졌다. 왜인지 사람을 조금 불안하게 만드는 그림이었다. 물론 이 이야기를 듣기 전까지는 제대로 본 적도 없었고 이것은 완전히 착각일 수도 있겠지만.

장례식장이 집 근처여서 발인 전날 밤 손수레에 짐을 챙겨 집으로 날랐다. 상복을 입은 두 사람이 어두운 밤 아파트를 향해 수레를 끌며 가는데 나는 엄마에게 아빠가 웃는 연습을 했던 것을 생각한다고 말한다. 아빠는 너무 오래 너무 많이 아프셨는데 어떤 몇 년은 그래도 건강히 보내셨지만 그러다가도 입원을 하시고 또 비교적 괜찮으셨다가도 큰 수술을 받아야 했다. 아빠가 지금의 나보다도 젊었을 때 첫 수술을 하고 사람이 아프면 얼굴이 어두워지는구나 깨닫고 아빠는 병실 침대에 손거울을 두고 웃는 얼굴을 연습했다고 했다. 그 이야기를 해 준 것도 엄마였던 것 같은데 아무튼 그래서인지 아빠를 자주 봤던 고등학교 선생님들이나 친구들은 몇 년이 지나 나를 만나도 너희 아버지 웃는 얼굴이 생각난다고 말했다. 어디였을까 전남대학교 병원 병실이었을까 조금 긴 머리에 환자복을 입고 거울을 보며 웃는 얼굴을 연습하는 젊은 남자를 생각하고 그런 생각을 하다 보면 하다 보면? 나는 그것을 그런 아주 여러 가지 것을 손에 쥐고 있다고 느끼는 것 같다.

9월

“조금 더 자주 이런 일이 있었다면
뭔가 달라졌을까. 모르겠다.”

2년 전 이맘 때 내가 런던 지하철에 타고 있을 때 건너편에는 금정연, 정지돈이 앉아 있었고 내 옆에는 터키계의 남자아이가 혼자 책을 읽으며 계속 피식거리고 있었다. 맞은편에서 금정연, 정지돈이 대화하고 음, 그 시간을 기억할 수 있고 그들이 입고 있던 옷차림 정도는 떠올릴 수 있지만 또 다른 것들, 내가 무슨 생각을 하고 있었는지 어디로 가고 있던 중이었는지 어디서 출발했던 것인지는 모르겠다. 지하철에서 내렸을 때 금정연, 정지돈이

나한테 물었다. 옆에 앉은 사람이 읽고 있는 책 봤어요? 아니요? 뭐였는데요? 금정연, 정지돈 둘이 동시에 대답하길 야탐.(『야만스런 탐정들』) 진짜요? 하면서 나는 와 존나 웃기네라며 웃었고 그때는 그걸로 끝이었다. 그에 대한 대화는 이어지지 않았고 전혀 딴 이야기를 하면서 그런 일이 있었다고 기억도 하지 않으면서 우리는 아마 존나 조지 오웰의 흔적들을 찾아 떠났던 것 같다.

지금 와서 돌이켜 보면 재밌는 일이다. 신기한 일이기도 하고 내가 재밌고 신기하다고 느낀 만큼 어떤 면에서는 자연스러운 일일 수도 있다. 그 일이 왜 재미있고 신기하고 그런지 이야기하기 위해 글을 시작했는데 그러고 싶지 않아졌다. 단지 나를 위해 남겨 둔다. 와 존나 웃기네 웃으면서 우리는 지하철이나 버스, 길, 경비실, 알라딘 사무실, 카페, PC방, 광주행 고속버스, 기차, 이디야 커피 본사, 병원, 극장, 길, 도서관에 각자 혼자 앉거나 걷고, 서서 야탐을 읽으며 행복해하고 슬퍼하는 시기를 지나온 사람들인 것 같다. 바비칸 센터를 쌩까고 꼬질꼬질한 옷을 입고서 곁에 책을 쌓아 놓곤 신나게 떠드는 무리를 가리키며 재네들 야탐에 나올 거 같은 애들이네요 라면서 재네들 이후의 사람들이 된 것 같다. 얼마 전 키릴 페트렌코와 베를린필의 발트뷔네 야외 공연에 다녀왔고 다니엘 바렌보임과 마르타 아르헤리치의 공연도 다녀왔다.

칸예 웨스트의 돈다도 결국 나왔지. Liv.e는 여전히 가장 기대되는 아티스트다. 작년 코로나 때문에 한 달 만에 폐강한 독일어 학원에서 만난 친구 조슈아의 앨범 「Space Afrika-Honest labour」도 드디어 나왔다. 첫날 그냥 한눈에 아 뭔가 있다 싶었는데 어쩌다 짝꿍이 된 우리는 a1 초급반 독일어로 판다이징부터 시작해서 딘블런트, 베이비파더 이야기를 더듬거렸었다. sehr gut, sehr gut. 갑자기 비가 와서 손님이 아무도 없는 하이파이샵에 들려 버슨 컨덕터 3x 레퍼런스 엠프와 오디지 LCD-X로 샤를 뮌슈, 파리관현악단의 브람스 1번, 게오르그 솔티와 시카고 심포니의 말러 8번, 스티븐 허프와 사카리 오라모의 생상, 소니뮤직스튜디오 수석 엔지니어 스즈키 코지가 리마스터링 한 카시오페아의 몇 트랙 테스트 해 봤다. 가장 좋았던 것은 오한기의 소설 「펜팔」이었다.

만약 예정대로 정지돈의 소설이 《릿터》에 실린다면, 나와 지돈 씨의 글이 문예지에 함께 실리는 일은 지금은 폐간된 《문예중앙》 2014년 여름호 이후 7년만이다. 조금 더 자주 이런 일이 있었다면 뭔가 달라졌을까. 모르겠다. 여전히 우리는 지하철에서 책을 읽는다.

서울의 박솔뫼

하라 마사토 이야기하기

> "사실 이 영화에 대해 할 말이 지나치게 많다.
> 앞으로도 계속할 것이다."

지난 주말 하라 마사토의 「초국지소지천황」을 보았다. 영화의 시작 부분에서 하라 마사토는 주변 풍경을 보고 아 정말 영화 같아라고 말한다. 정말 영화 같다는 말은 이후로도 영화에서 여러 번 등장한다. 영화의 마지막 대사는 '좋은 영화를 만들 수 있도록'인데 이 영화는 그만큼 영화와 영화 만들기에 대해 묻고 답하며 스스로를 몰고 가는 영화라고도 할 수 있다. 하지만 보고 난 후에는 의외로 정석적인 로드무비라는 생각도 들었다. 떠나고 길

위에서 사람들을 만나고 마음속에서 무언가가 벌어진다. 성장한다고 할 수 있으려나? 이 영화에 어울리지 않는 것 같지만 성장이나 내면의 해소가 없다고도 할 수 없을 것이다. 내레이션을 하는 하라 마사토의 발음은 부정확하고 혀가 짧은 느낌인데 노래 부를 때는 전혀 그렇지 않다.

영화의 시작 부분 하라 마사토가 아 정말 영화 같아라고 지나는 풍경을 이야기할 때 영화감독 아다치 마사오와 평론가 마츠다 마사오가 「약칭: 연쇄살인마」를 찍으며 했던 이야기가 떠올랐다. 두 사람은 권총으로 네 명을 사살한 19세의 소년 나가야먀 노리오에 관해 영화를 찍어야겠다고 결심하고 그의 행적을 쫓는다. 그는 정말로 일본 이곳저곳을 떠돌았다. 나가야마는 가난했고 우유 배달 과일 가게 아르바이트 호텔보이 같은 일을 잠깐씩 하다 관두었고 두 차례 밀항을 시도했다 붙잡히기도 했다. 두 사람은 나가야마의 행적을 쫓으며 지금 머무는 곳이 이전에 들렀던 도시와 무엇이 다른지 알 수 없고 모든 도시들은 도쿄를 닮았고 모든 도시가 서로 같아 보였고 그런 풍경 자체가 나가야마의 적이며 나가야마를 질식시키는 존재라고 말한다. 이 지적은 도시에서 사는 사람들이라면 납득할 수밖에 없는 날카로운 것이고 어떠한 설명 없이도 그것이 무엇인지 단번에 이해가 된다. 그런데 종종 아다치와 마츠다 그리고 몇몇 사람들이 포함된 이들이

나가야마의 행적을 쫓는 것을 떠올릴 때마다 실제로 같다고 느꼈을까 하는 의구심이 드는 것도 사실이다. 그들의 논의에 동감을 하는 동시에 이전의 도시와 지금의 도시는 같다고 느끼지만 동시에 다르다고 느낄 수밖에 없지 않나. 같다고 느낀다면 그들의 이동에도 이유가 있지 않을까. a에서 b로 갈 때 우리는 그곳에 서로 비슷한 부분도 있고 다른 부분도 있다고 느끼지만 그 이동이 c로 d로 efghijklmn 정도로 이어지면 a와 n을 공통적으로 묶는 점을 강하게 느낄 수밖에 없지 않을까. 아다치와 마츠다는 도시를 균질화하는 국가권력에 대해 이야기하고 있었고 그러한 논의까지 나아가지 않는 아주 단순한 감상이라 해도 모든 도시는 같다는 말은 감각적으로 바로 이해가 되고 그들이 이야기하는 것과 내가 느끼는 것이 다른 층위의 이야기라는 것을 잘 안다. 그럼에도 각각의 장소는 분명 다르다고 느낄 수밖에 없다는 생각을 마음 한켠에서는 늘 했는데 하라 마사토가 눈앞의 풍경을 보며 아 영화 같아라고 말할 때 문득 아 영화 같고 이곳과 저곳이 다르고 (그런데 너무나 같고 그것이 우리를 질식시키며) 그런데 그게 뭐냐면 바로 눈앞의 세계라는 생각이 동시에 들었다. 하라 마사토는 마츠다 등이 논했던 위의 골자인 풍경론에 비판적인 글을 발표했었다고 하는데 그 차이는 무엇이었을까. 나는 그것을 아다치는 나가야마가 보았을 법한 풍경을 찍었고 그것은 모두 도쿄와 같은 균질화된 풍경이라 말하였고 하라는 다르게 다가오는 풍경을 말하고 그것을 배경으로 영화를 찍는 것이 아니라 스스로가 연기를 해야겠다고 말하는 그 차이 아닌가 하고 내 멋대로 잠깐 생각했다. 아다치의 영화를 보고 나면 보는 내가 어디에 있어야 할지 조금은 표류하는 기분으로 풍경들을 보게 되고 그 기분과 풍경이 합해져 기억에 남는다. 하라의 영화에서 기억에 남는 것은 하라의 목소리와 시선이다. 그것이 나를 맴돈다. 아다치 마사오와 하라 마사토는 스즈키 세이준 공동투쟁위원회에서 처음 만났고 아다치는 하라 마사토를 하라군이라고 불렀다고 한다. 영화에서 하라 마사토는 친구가 자신을 부르는 것을 설명하며 하라군이라고 말한다. 나는 그 장면이 좋았다. 머릿속은 복잡하고 가슴속에서는 어느 순간 무언가 굉장하고 좋은 것을 하리라는 충동이 솟구치고 그게 다가 아니고 다른 것들이 쏟아지는데 이전에 살던 곳에 갔을 때 맞은편에서 친구가 나를 알아보고 말을 건다. 그것이 좋다.

사실 이 영화에 대해 할 말이 지나치게 많다. 앞으로도 계속할 것이다. 그의 다른 영화인 「20세기 노스탤지어」를 은별 씨의 도움으로 볼 수 있었다. 이 영화는 히로스에 료코의 영화 데뷔작이고 영화를 찍는 소년 소녀들의 이야기고 우주인의 시선으로 지구인을 연구하는 영화이다. 영화 속 소년 소녀들은 카메라를 들고 도쿄 이곳저곳을 어찌 보면 평범한 풍경들을 찍는다. 이런 지점이 자연스럽게 하라 마사토가 시나리오를 쓴 오시마 나기사의 「도쿄전쟁전후비화」를 떠올릴 수밖에 없게 하고 우주인 남자가 지구인 여자에게 말을 거는 장면에서는 구로사와 기요시의 「산책하는 침략자」도 떠오른다.
그런데 훨씬 이상하고 귀엽고 사랑스러워서 미쳐 버리는 영화인데 일단 자꾸 생각나는 장면은 매일 카메라를 들고 이곳저곳을 누비던 두 사람이 지구의 영화를 보겠다며 극장에 들어가는데 벽에 걸린 포스터는 고다르의 「네 멋대로 해라」이고 결국 극장에서 이 영화를 보지 못한 두 사람은 안즈(히로스에 료코)의 집에 비디오가 있다는 말에 함께 집으로 영화를 보러 간다. 영화를 보고 안즈는 커피를 끓이는데 인스턴트 커피에 뜨거운 물을 붓고 컵 두 개에 얼음을 넣고 방금 만든 커피를 각 컵에 넣는다.
난 왜 이런 장면이 좋지? 아무튼 여름 내내 카메라를 들고 도쿄 이곳저곳을 걷고 뛰고 웃고 노래 부르는 소년 소녀들.
찾아보니 남자 배우는 배우 지망이 아니라 일반 학생이었던 청년을 보고 이미지에 맞는다고 생각해서 하라 마사토가 바로 캐스팅했고 이후 남자 배우는 연기를 전혀 하지 않았다고 한다. 그런데 결국 감독의 능력은 보는 눈인가 싶을 정도로 잘 어울렸다. 영화의 주요 모티프는 미야자와 겐지의 짧은 소설인데 마지막 장면에서는 그래서인지 두 소년 소녀가 쌍둥이 인형을 들고 있다. 나는 이 장면이 순간적으로 싫다고 느꼈다. 소녀가 이 아이들을 낳는 것처럼 느껴져서일 것이다. 하라 마사토는 후에 십 수 년이 지나 실제로 쌍둥이 딸의 아버지가 된다. 아무튼 이 영화도 극장에서 반복해서 보고 싶고 하라 마사토가 이전에 찍었던 영화들 90년대에 아들과 여행을 하며 찍은 영화들 그리고 「초국지소지천황」도 계속 계속 또 극장에서 보고 싶다. 열여덟 살에 만든 데뷔작이자 제1회 도쿄필름페스티벌에서 그랑프리와 ATG상을 받은 「이상하게 장식된 슬픈 발라드」도 보고 싶다. 이런 이야기를 하다 보면 보고 싶다고 생각하는 사람들이 늘어서 하라 마사토 정식 상영이 가능해지지 않을까. 그렇게 될 것이고 그러면 나중에 이 글이 책이 되거나 다른 곳에 실릴 때 이 전 문장에 각주 표시가 달리고 "하라 마사토 상영은 이듬해 몇 월 서울에서 3주간 상영되었다." 이렇게 된다.

서울의 박솔뫼

손 흔들기

"바로 손을 흔들지 않는 것 그런 순간에
생각을 해 버리는 것 이것이 나를 지금까지도
괴롭히고 부끄럽게 하고 어떨 때는 종종 도와주기도
하는 나의 기질인데 이것을 붙잡고 혹은
이것에 붙잡힌 채 앞으로도 어떻게 해야 하지?"

아빠가 꿈에서 손을 흔들고 있었다. 커다란 여객 터미널이었고 나는 외국으로 가는 배를 타기 위해 건너편에서 기다리고 있었다. 젊고 건강한 아빠는 회색 재킷을 입고 뒤편으로 배가 오가는 터미널 난간에 기대 웃으며 내게 손을 흔들고 있었다. 나는 어렸고 내가 외국에 가는 것은 여행이 아니라 유학이나 이민이었고 어지간해서는 다시 돌아오지 않을 것이라는 사실을 우리는 알고 있었다. 아빠의 웃음은 너의 떠남을 받아들이겠다는 것인데 그렇다고 괜찮다는 것은 아니고 괜찮지 않으나 받아들이겠다는 뜻이었다. 꿈에서 깨서 그 장면이 꼭 「해피아워」에서 준이 손 흔드는 것 같았다는 생각을 했다.

이렇게 또 손을 흔드는 장면을 본 적이 있는데 나는 초등학교 1학년이고 다니던 학교는 100년도 넘은 광주 시내의 오래된 학교이다. 그때 나는 같은 반 친구들과 나란히 운동장에 서 있었다. 시내에서 일을 마치고 우연히 운동장을 둘러보던 아빠는 나에게 크게 손을 흔들었다. 나는 순간 이렇게 운동장에 서 있는데 나도 같이 손을 흔들어도 되는지 모르겠고 집이 아니라 학교에서 아빠를 마주치는 것이 왠지 멍해서 그 자리에 멈춰 서서 가만히 쳐다만 보았다. 아빠는 계속 손을 크게 흔들었다. 손을 계속 흔들던 아빠가 먼저 자리에서 일어났는지 내가 선생님과 아이들과 함께 교실로 돌아갔는지까지는 기억이 나지 않는다. 집에서 아빠는 왜 대답을 안 했느냐고 못 알아본 거냐고 물었고 나는 아마 인사를 해도 되는지 몰라서 못했다고 말했던 것 같다. 바로 손을 흔들지 않는 것 그런 순간에 생각을 해 버리는 것 이것이 나를 지금까지도 괴롭히고 부끄럽게 하고 어떨 때는 종종 도와주기도 하는 나의 기질인데 이것을 붙잡고 혹은 이것에 붙잡힌 채 앞으로도 어떻게 해야 하지? 모르겠다.

2학년도 되기 전에 전학을 갔지만 그 학교를 생각하면

아직도 몇 가지 떠오르는 것이 있다. 그때 살던 집은 학교 근처라 어떻게 가는지 아니까 입학식에는 나 혼자 갈 수 있다고 말하고 학교 교문 앞에 서 있었던 것 입학식 안내문이 붙어 있는 교문 앞에 서 있는 나는 작고 또 멍하고 뒤에서 나를 몰래 쫓아오던 엄마는 활짝 웃으며 같이 가자고 내 손을 잡는다. 큰 강당에서 앞으로 나란히를 배우고 조금 지나자 머리가 하얀 할아버지 선생님이 앞으로 나와 나비야 나비야 율동을 했다. 나는 그것이 이상하고 어색하다고 생각해서 따라하지 않았는데 모두들 전혀 이상하게 여기지 않고 할아버지 선생님을 따라 춤을 췄다. 이런 순간에 자의식을 갖는 게 여전히 나를 괴롭게 할 때가 많은데 도무지 어떻게 할 방법은 없고 이제 누가 시켜만 주면 나비야 나비야 너무 즐겁고 잘할 수 있음. 여기까지 쓰고 나니 이런 기억들은 제발트나 키냐르 같은 사람이 훨씬 섬세하게 내가 알지 못했던 지점을 말하며 써 내려갈 것 같다. 그런데 키냐르에 대해서는 왠지 늘 반대를 하고 싶고 그런 생각을 하면 왠지 화가 치민다. 돈이 많아야 하는데 조용하고 적당한 내 자리를 만들고 그곳에 앉아서 이렇게 지난 일에 대해 생각할 필요가 있다고 느끼기 때문이다. 나는 거기서 과거를 건설할 것이다. 걷다가 돌아와 내 자리에 앉거나 침대에 누워 지난 일을 생각할 것이다. 나에게 그런 자리가 필요하다. 그리고 또 다른 공간이 필요하다. 나는 거기서도 앉아서 지난 일을 생각하고 지난 일을 생각하며 지난 시간으로 만들어진 공간을 건설할 것이다. 그 두 곳은 각자 만든 서로 다른 공간이 되고 동시에 둘은 이어지면서 새로운 공간을 만들게 된다. 그래서 나에게는 적어도 두 개의 공간이 필요하고 둘 중 한 곳은 바다가 있는 도시에 있어야 한다. 그 두 곳에서 내가 할 일을 하면 현재와 미래를 생각할 필요도 없고 그것이 무엇이라 이름 붙일 필요도 없을 것 같다. 거기서 벌어지는 일들만 생각해도 나는 할 일이 너무 많기 때문이다.

친구의 일기

김준언

서울 출생.
도서관과 운동장에 있었다.

오늘 일기

사람은 모든 날을 살지. 도서관이 있는 언덕을 내려오다
문득 떠오른 말이었어. 오래 안고 있다 미루어 두었는데
사면을 내려 걸을 때 덜컹대는 몸의 울림에 튕겨 나왔겠지.
걸음은 기억을 반복하게 하고 반복된 기억은 시간을
번복하고 싶게 하지. 마음대로 되지는 않아. 언덕길을
뒷걸음질 치는 게 어색한 일인 것처럼 사람의 삶에 가능한
시간선은 한편으로만 향하는 것처럼 보이고 어쩌면
그게 맞는 일이기도 하겠지. 그러니 돌아가 어린 너를

불러 다르게 살 수도 있지 않았냐고 말하는 건 불가능을 말하기에 앞서 어색해야 하는 일이니. 어색한 우리는 다시 만나지 않는 편이 좋아.

덜컹거림의 끝에 농구장이 있던 자리에 서. 여름밤 바깥 소음에 마음이 흔들려 도서관을 나섰을 때 여기서 슬픈 사랑 노래를 부르던 사람들이 있었고 기둥에 기대 이 노래는 지나치게 슬프지 않은가 그런데 여기서 노래를 하면 공을 던지고 싶은 사람은 어디로 갈까 오늘은 여기가 그의 자리가 아닌 거니까 내일은 괜찮겠지 생각했던 내가 있었는데 내일이 된 오늘에는 그의 자리가 없고 없어진 그에 대해 생각하는 내가 있고 그중 하나인 나는 여기에 있을 수 없으니 다른 언덕을 찾아 떠나.

신수동에서 금화터널을 지나 이화동까지 걸어. 공원을 가로질러 언덕을 오르면 만나는 계단의 중간단에 엉덩이를 반쯤 걸치고 저녁이라 보이는 빛, 아득히 들리는 웅성거림, 걸음을 맞추는 사람과 걸음이 엇맞는 사람을 보게 돼. 집에 돌아가기 아쉬워 오른 언덕 위에서 흐트러진 숨을 고르던 시간 안에서 오래 보아 온 풍경을 눈에 새기다 차가워진 바람에 몸을 떨며 공원으로 다시 내려가.

벤치에 앉아 건너를 바라보면 나즈막하게 깔린 너른 통창 너머로 경청하는 사람들이 있어. 문득 궁금해져 창을 건너는 소리에 귀를 기울여도 내게 건네진 말이 아닌 말은 건너오지 않아. 보일 만큼 가까운데 들리지 않을 만치 먼 그 정도의 거리, 혹은 그런 마음을 발견할 때 나는 조금 쓸쓸하다고 중얼거려. 건너지 않았으니 내 몫이 아닌 것을 알아.

여기, 다른 때, 여름밤 잠들지 않는 사람 사이에서 어지러워 나와 앉은 내게 말을 건넨 사람이 있었어. 내 손에 들린 샌드위치를 보며 맛있겠다고 해서 샌드위치를 내밀었어. 이 샌드위치는 당신에게 더 어울리는 상대일 거라고 생각했을 거야. 그는 어색하게 샌드위치를 받아 들고는 잠시 머뭇거리다 옆에 둔 기타 가방에서 병에 담긴 커피를 꺼내 내밀었어. 이 커피는 내게 더 어울리는 상대일 거라고 그가 생각했는지는 모르지. 그는 오래 말을 건넸고 노래를 부르기도 했어. 듣기만 하던 내게 그는 너도 노래하는 편이 좋다고 했는데. 그런가요 하고 일어섰어. 그러지 않았어. 오래, 그러지 않았어.

통창 너머 사람이 움직이는 모습이 보여. 말이 끝나면 사람은 일어서 돌아가야 하니까. 들려준 말을 듣고 망설이거나 망설이지 않고 그 자리에 두든 들고 가든 하겠지. 건너에 있는 사람은 어떤지 나는 몰라. 모르는 사람이지. 모르는 사람에게 고개를 움직여 눈인사를 해. 나는 모르는 사람의 친구를 알았는데 그는 추우니까 밤에는 걷지 말라고 했어. 그러지 않았어. 그도 내가 그런 사람인 줄 알았어. 그래도 해야 하는 말이니까. 그 마음을 알아서 오래 들고 있었어.

모르는 사람도 내게 인사를 해. 인사는 돌아오게 되어 있으니까. 오늘 무슨 말을 했는지 바람에 대해서 말했는지 주인이 죽어서 머리가 이상해진 고양이가 읽고 싶어 하는 책의 작가에 대해서 혹시 말했는지 문득 묻고 싶어져.
그럴 필요는 없지. 누구에게든 다시 말하게 하고 싶지는 않아. 대신 오래 만나지 못한 한 친구에게 한 말을 떠올려.
형 나는 솔뫼 씨가 용감하다고 생각해요. 그 말을 들은 그 친구의 얼굴이 생각나. 반대도 가능한지 문득 궁금해져.
나는 내 얼굴을 모르니. 순간은 그런 식으로 나눠 가지게 되지만 너도 가지고 있는지 나는 모르지.

돌아갈 시간이야. 늘 그랬던 것처럼 마로니에 공원 앞 정거장에서 버스를 타. 좁은 자리에 몸을 구겨 넣고 선잠을 자다 겨우 솔뫼 초등학교 앞에서 내려. 8차선 도로를 건너기 전 횡단보도 앞에서 노래를 찾아. 오래 이 자리에서 집까지 5분을 걷는 시간 동안 들어온 말, 바람이 몸을 감싸는 언덕에서 건네는 당신은 기억하고 있느냐는 물음, 그 의미가 나는 기억한다는 마음인 것에 대해서 내내 생각했던 것 같아. 5분과 5분과 5분의, 그동안.

나는 기억하나.

오늘이 왜 오늘만이 아닌지 궁금한 때가 있었어.
지금은 그게 그런 일인 걸 알아. 겨우 알게 됐어.

다른 사람에게 준언 씨를 설명해야 할 때가 오면 보통은 농구를 많이 하고 책을 많이 읽고 커다란 사람인데요 라는 식으로 말하는데 틀린 말은 아니지만 누가 어떤 사람인지 말하는 일은 늘 조금 어려운 것 같다. 가끔 준언 씨가 한 말이 손바닥 위에 책상 위에 놓여 있고 나는 그걸 바라보는 느낌이 든다. 되도록 그 말 그대로 들으려고 하지만 손바닥 위에 놓인 말이 그 사람이 한 말일지 아닐지 자신이 없기도 한데. 그럼에도 나는 종종 준언 씨가 한 말이 환하다고 느낀다. 환하다는 감각은 눈부신 것도 아니고 반짝이는 것도 따뜻한 것도 아니다. 그럼 환하다는 것은 뭘까. 가끔 손에 쥐고 나서게 되는 이 선명하게 환한 말들은? 집에 돌아오면 다시 머리맡에 놓아 두고 잠들게 되는 나와 함께하는 이 모든 말들은?

by 박솔뫼

Sadao Watanabe —「All about love」
(Christmas session at PIT INN, Tokyo, 1980)

“하지만 이제 그런 일이 일어나지 않을 거라는 걸
잘 안다. 그런 순진한 기다림으로 놓친 것들이
많은 것 같다. 너무 늦기 전에, 적어도 내가
지금보다 더 많이 잊어버리기 전에 짧게나마 써 둔다.”

1980년 12월 25일 저녁. 종소리 울려 퍼지는 입구에서 구세군들 모여 있는 롯폰기 역을 빠져나와 추위에 팔짱을 끼고서 담배를 피거나 괜히 공중전화기로 친구 집에 전화해 보거나 저기 가까운 듯 멀리 크리스마스트리처럼 빛나고 있는 도쿄타워 방향으로 길을 걷다 보면, 가로등 불빛 은은한 이이쿠라 거리의 재즈풍 캐럴과 가타가나 필체의 네온사인을 펼쳐 내며 고급 택시들이 부드럽게 오가고, 좁은 입구에 메뉴판을 걸어 두고 벌써부터 잘 차려 입은 어른들로 붐비고 있는 가스등, 니콜라스, 키안티 등의 카페를 지나, 이상하게도 롯폰기와 전혀 어울리지 않는 어린 학생들과 젊은 사람들이 길게 이어선 줄을 따라가면 그 끝에 나타나는 커다란 전광판, PIT INN. 음료 한 잔 포함 입장료 2000엔. 술을 주문하고 카운터에 기대 목도리와 외투를 벗어 두는 사람들. 여기저기 간간이 들려오는 비트 다케시의 유행어. 비어 있는 무대. 술 냄새 섞인 먼지 틈으로 스며드는 웃음소리. 메리 크리스마스 인사하는 젊은 연인들과 혼자 온 이들의 기대 어린 눈빛들. 귀 기울이면 대기실 문 안쪽에서 와타나베 사다오와 그의 밴드들이 주고받는 목소리 들려오고, 버블경제가 시작되고, AOR, 퓨전재즈 붐이 폭발하고, PIT INN이 성지가 되어, 레리 칼튼, 나오야 마츠오카, YMO, 존 리틀존, 리 릿나워, 야마시타 타츠로, 타카나카 마사요시, 요시다 미나코, 마이클 브레커, 하비 메이슨, 마리 카네코, 프리즘, 카시오페아 등 당시 거물부터 신인들까지 서로의 무대에 난입해 세션 대결을 펼치며 퓨전의 전당에 자기 이름을 새겨 놓을 동안, 옆 동네 아카사카의 대형 중화요리 레스토랑 주방에서는 아직 10대인 나가유미 씨가 쉴 새 없이 뛰어다니고 있었다.

나가유미라는 이름이 익숙한 사람은 내 소설을 읽어 본 사람일지도 모르겠다. 희귀하다고 해야 할지

희한하다고 해야 할지 나가유미라는 이름은 나도 나가유미 씨를 만나기 전까지 듣거나 읽어 본 적이 없다. 정확히는 나가유미라는 이름도 나가유미 씨를 만나고서 한 달이 넘게 지난 후 마지막 날 헤어질 때서야 들었다. 내 소설에서 나가유미 씨는 산리즈카 출신의 투쟁가이자 재활원에 감금당할 정도의 심각한 약물중독자로 등장하지만 내가 이름을 빌려 온 나가유미 씨는 전혀 그런 사람은 아니고, 코엔지라는 작은 동네의 아주 좁은 골목 구석에 조그마한 중화식당 '마루쵸(丸長食堂)'를 운영하는 사람이다. 2016년 2, 3월에 내가 도쿄에 한 달 조금 넘게 머물렀을 때, 내가 하루에 쓸 수 있는 돈의 최대치는 550엔이었기 때문에 식사를 하루에 한 번으로 제한해야 했고 그래서 싼값에 밥을 가장 많이 주는 식당을 찾아다니다 발견한 곳이 마루쵸였다. 아침 겸 점심으로 마트에 가서 가장 싼 식빵을 사 먹고, 교통비가 없으니 코엔지에서 아오야마, 코엔지에서 진보쵸, 시모키타자와 등을 걸어서 다녀오면 차라리 당장 기절해 버리고 싶게끔 허기가 졌는데 그럴 때마다 찾아가면 미소국과 함께 밥을 산처럼 쌓아 내주던 식당이 마루쵸이다. 우유탕으로 유명한 코엔지 목욕탕 옆 골목에 있는 마루쵸. 한 번도 다른 손님을 본 적 없던 마루쵸. 낡은 형광등이 깜빡이던 마루쵸. 가끔 물컵이 안 닦여 있던 마루쵸. 테이블이 두 개뿐인 마루쵸. 테이블과

벽에 기름때가 잔뜩 껴 있는 마루쵸를 거의 하루도 빠지지 않고 매일 가다 보니 처음에는 음식을 내주고 다른 일을 하던 나가유미 씨가 주방에서 말을 걸어오고, 다음날에는 주방에서 나와 말을 걸고, 다다음날에는 내 건너편 테이블에 앉아서 말을 걸고, 언젠가부터는 내 테이블에 앉아 함께 담배를 피고, 이제 뜬금없이 기타를 가져와 노래를 불러 주고, 학교에서 돌아온 딸과 인사시켜 주고, 아내 분과 인사시켜 주고, 마지막 날에는 가족이 함께 잘 가라 인사해 주고 그렇게 됐다.

내가 먹던 메뉴는 두 개였다. 둘 다 나가유미 씨가 추천해 준 요리인데 이름은 기억이 안 난다. 숙주볶음 같은 것과 탕수육 같은 요리. 나는 하루는 숙주볶음 다음 날은 탕수육 이런 식으로 번갈아 주문했고, 배가 고프지 않은 상황에서 먹어 본 적은 없지만 배가 고프지 않은 상황이었어도 맛있었을 거라고 생각한다. 적어도 내 입맛에는 그럴 것이다. 특히 탕수육. 매일매일 가서 밥을 먹고 시간을 함께 보냈으니 많은 이야기를 했을 것 같겠지만, 내가 일본어를 잘 못하기 때문에, 나가유미 씨가 한국어를 잘 못하기 때문에 아주 많은 이야기를 할 수 있었던 것은 아니었다. 가게에 여러 장 걸려 있는 어탁본을 함께 둘러보면서 나가유미 씨가 낚시 가서 겪었던 무서웠던 일, 재밌었던 일을 들려준 것과 좋아하는 낚시터들 또 같이 가는 친구들의 이름을 알려 준 일이 기억난다. 버블시기에 아카사카의 대형 중화식당에서 일했던 이야기도 재밌었다. 당시 10대였던 나가유미 씨는 주방의 막내 급이었는데 매일 손님들이 물밀 듯이 밀려와서 하루 종일 정신이 없었다고. 긴자나 롯폰기로 향하는 젊은이들의 외제차에는 꼭 도널드 페이건 CD가 있었고 그 시대에 그 동네로 오는 사람들은 다들 돈을 엄청나게 써 댔다는 이야기. 대화보다 기억나는 건 내가 밥을 다 먹을 때까지 기다리는 나가유미 씨의 들뜬 얼굴과 밥을 다 먹고 번역기를 돌릴 생각 없이 그냥 둘 다 말없이 웃으며 담배에 불을 붙이고 함께 담배 연기를 뱉던 순간의 모든 것들.

서울로 돌아오고 1년 뒤, 2017년에 다시 또 도쿄에 가게 되어서 마루쵸에 갔었다. 나는 머리가 아주 길었던 2016년과 달리 머리가 짧았기 때문에 나가유미 씨가 날 못 알아볼지도 모르겠다 싶었지만, 문을 열고 들어서자마자 나가유미 씨가 나를 알아보고 놀라워했고 우리가 서로 포옹했나? 그렇게까지는 안 했던 것 같다. 나가유미 씨가 아내 분과 딸을 또 데리고 오셔서 다 함께 인사하고 밥을 먹고 대화하다 헤어졌다. 선물이라도 사갈걸. 지금 생각하면 후회된다. 그렇게 반겨 주는 사람을 위해 왜 아무것도 준비하지 않았을까. 이후에도 한 번인가 더 도쿄에 갈 일이 있었지만 시간이 없어 마루쵸에 들리지는 못했다. 나가유미 씨와의 이야기, 나가유미 씨를 향한 감사는 언젠가 내 책이 일본에 번역되면 그때 일본판에 짧게 붙이고 싶다는 생각을 막연히 해 왔다. 하지만 이제 그런 일이 일어나지 않을 거라는 걸 잘 안다. 그런 순진한 기다림으로 놓친 것들이 많은 것 같다. 너무 늦기 전에, 적어도 내가 지금보다 더 많이 잊어버리기 전에 짧게나마 써 둔다. 구글에 마루쵸를 검색해 보니 임시휴업이라 뜨는데 아마 코로나를 버티지 못한 듯 싶다. 나가유미 씨와 그의 가족이 행복했으면 또 그들이 건강했으면 좋겠다.

The Stranger

**“나는 요즘 ‘이방인’이라는 말에서
어떤 구체적인 한 사람을 떠올리고 있다.”**

1848년 베를린의 심장부, 라이프치거 슈트라세와 프리드리히 슈트라세의 모퉁이에서 태어난 게오르그 짐멜은 수많은 멀리서 온 것들이 뒤섞이며 본 적 없던 강한 자극을 만들어 내고 있던 이 모더니티의 정점에서 온갖 것에 관해 썼다. 화폐, 대도시, 문, 다리, 장신구와 손잡이, 식사와 편지에 대해. 그리고 이방인에 대해. 1908년 발표한 「이방인」(the stranger, Der Fremde)은 마침 이방인이라는 말이 이 이상 잘 어울릴 수 없는 그의 이력과 결부되어 읽히곤 했다. 짐멜은 반유대주의가 팽배한 독일 사회에서 유대인이었고, 무엇보다 학자로서 평생을 독일 지성계의 주변을 맴돌았다. 오랜 비공식 강사 생활과 당시의 지적 조류에 반하는 비체계적 글쓰기 스타일은 그를 소개할 때 반드시 소환되는 이야기들이다.

비록 학자로서의 커리어는 불우했으나 그는 일반 시민들, 외국의 학자들에게도 이름이 알려진 인기 강사였고 그에게서 배운 제자 중 하나로 미국인 로버트 에즈라 파크도 있었다. '시카고 학파'의 그 로버트 파크다. 파크와 동료들은 20세기 초 대량의 이민 유입으로 폭발 직전에 있던 시카고를 실험실로 삼아 사회학적 연구 방법론을 발전시켰다. 시카고 학파의 작업 속에서, 짐멜이 말한 '이방인'은 "전형적인, 미국에 온 이민자, '오래된' 문화와 '새로운' 문화 사이에 위치한 어떤 사람"[4]을 가리키는 것으로 계승되었다. 그러나 지리학자 존 앨런은 짐멜의 이방인이 그렇게 선명한 이미지로 환원되는, 현실의 구체적인 집단을 표상하는 무엇이 아니라고 말한다. 그것은 "공간적 의미에서는 가깝지만 사회적 의미에서는 멀리 떨어진 누군가와의 사회적 상호 작용"[5]이라는 모순적 경험 혹은 현상을 포착하기 위해 채택된 이념형적 인물이다. 서로 존재를 모르고 응시하지도 않는, 그러니까 '멀고 가까움'을 아예 넘어서 있는 시리우스 별의 주민들은

[4] 존 앨런 저, 마이크 크랭·나이절 스리프트 엮음, 최병두 옮김, 「게오르크 짐멜에 관해: 근접성, 거리, 이동」, 『공간적 사유』(에코리브르, 2013), 104쪽.
[5] 같은 곳.

우리에게 이방인이 아니다.[6] 이방인은 오히려 모든 종류의 사회적 상호작용에 있어서 이방성, 즉 '멀고 가까움'의 문제, 그 긴장의 상태를 표현하는 개념인 것이다.

내게 근접성의 문제를 가져왔다는 차원에서든, 시카고 학파가 계승했다는 좀 납작한 의미에서든 나는 요즘 '이방인'이라는 말에서 어떤 구체적인 한 사람을 떠올리고 있다. 그는 어떤 면에서 "가까이 있는 것과 멀리 있는 것, 속하는 사람과 속하지 않는 사람에 대한 구분을 확인시켜 주는 문화적 지도를 그리는 일에 대해 우리가 갖고 있는 친숙한 관계를 무너뜨리는 민감한 신경을 건드리"[7]는 존재다. 아마도 그래서? 아니, 사실은 나는 요즘 그냥 늘상 그를 생각한다. 우리는 온라인 데이팅 앱에서 알게 되었다. 겨우 7킬로미터 떨어진 곳에 살고 있었지만 시리우스의 거주민이나 다름없던 그 사람과 나 사이에 처음으로 '사회적인 근접성'이 발생했을 때 그는 자신의 이름, 모어, 출신지를 바로 알게 하는 방식으로 자신을 드러내고 있지는 않았다. 그는 한국 국적의 일본 시민이었고 이름이 세 개 있었는데 아무에게도 불리지 않는 '진짜 이름'과 친밀한 사람들에게 불리는 일본식 발음의 이름, 그리고 병원이나 미용실을 예약할 때 쓰는 일본인의 성으로 좀 더 '자연스러운' 다른 성의 이름이 그것이었다. 어느 날 슈퍼 계산대 앞 그의 지갑에서 내가 가지고 있는 것과는 색깔이

[6] 게오르그 짐멜 저, 김덕영·윤미애 역, 「이방인」, 『짐멜의 모더니티 읽기』(새물결, 2005), 80쪽.
[7] 존 앨런, 위의 글, 위의 책, 106쪽.

다른 재류카드를 본 적이 있다. 일본에서 외국인이 지녀야 하는 신분증이다. 그의 카드는 특별영주자의 그것으로, 지금까지 1년 혹은 3년 단위로 그 근거(비자)를 갱신해 왔고 그때마다 구멍이 뚫려 버려진, 내가 가진 카드와는 다른 행동의 가능성과 제한을 표현한다. 비자를 갱신하는 일은 무척 번거롭지만, 이것이 경계 짓고 나타내는 나의 사회적 상태 혹은 일본과의 관계는 비교적 명쾌한 데 비해, 비자를 갱신하러 갈 일이 없는 외국인인 그에게는 이 상황이 역전되어 있다. 나의 '외국인임'이 자명성으로 가득 차 있다면 그의 실감들은 '외국인임'의 자명성을 흔든다. 법적으로 그를 어딘가에 소속시키는 이름은, 그의 이름을 불러 온 그의 가까운 사람들로부터는 아주 낯선 것이다. 그에게 한국어는 부모의 언어이면서 외국어인데, 사람들로 하여금 그가 이 언어와 어떤 관계인지를 묻게 만드는 조금 이상한 관계의 외국어이다. 그는 20대를 뉴욕에서 보냈다고 했다. 거기엔 당연히 많은 이방인들이 있었는데 종종 국적과 언어와 문화에 어긋남이 없는 한국인들이 그가 일본에서 받았을 차별이나 나쁜 대우를 염려하곤 했다. 그는 위화감을 느꼈다. 이 위화감은 자신이 분명한 차별을 겪지 않았기에 그런 건 없(어졌)다고 하는 태도가 아니며, 한국인들이 일본에 대해 쉽게 악마화된 이미지를 갖는 것에 대한 불만도 아니었다. 그보다 그는 '나'를 말하기 전에 상대방에게 강력한 이미지를 환기하며 단숨에 설명력을 가져 버리고 마는, 덕분에 그 자신마저 항변할 겨를도 없이 귀속되어 버리고 마는 장소의 존재, 시선의 감옥이라고도 할 수 있는 사태에 의문을 가졌던 것이라고 나는 생각한다.

언젠가 그는 인생의 위기를 겪었고, 괴로운 상태에서 벗어나기 위해 많은 글을 읽었다. 그때 다케다 세이지의 『욕망론』에서 자신이 찾아 헤맸던 설명을 발견할 수 있었다고 했다. 이 이야기를 들은 얼마 후에 나는 다케다의 책 가운데 한국어로 번역된 『왜 당신들만 옳고 우리는 틀린가』(이비, 2021)와 『'재일'이라는 근거』(소명출판, 2016)를 사서 일부를 읽어 보았다. 전자는 '철학이란 무엇인가'라는 원제의 철학 개론서로 작가의 최신작이며(원서 2020년), 후자는 작가의 데뷔작으로, 1983년에 초판이 나온 재일 조선인 문학에 대한 평론집이다. 두 책은 다루는 이야기가 다른 듯 보이지만 나는 이 사람은 40년 가까이 같은 질문과 끊임없이 싸우고 있구나라는 생각을 했다. 최근작에서 그는 후설을 주인공 삼아 근대 철학이 구상했던 보편적 인식이라는 이념의 회복을 호소한다. 내가 이해한 바에 따르면 이 책은 '인간과 사회의 미래에 대해 품어야 할 하나의 뜻'이라는 보편적 원리로서의 철학을 재생시키려는 시도이다. 여기에는 '다양한 이상 이념들, 다양한 세계 해석들, 다양한 상대주의'가 진리를 부정하면서 모든 것을 힘의 논리로 귀결시킬지도 모른다는 우려가 깔려 있다.

『'재일'이라는 근거』는 다른 시점에 쓰인 여러 글이 묶여 있지만 여기에도 주인공 격인 인물은 있다. 그것은 청년 강수차(다케다 세이지의 호적명)에게 글쓰기의 포문을 열어 준 작가 김학영이다. 다케다의 김학영에 대한 평가에서도 '보편적인 것'에 대한 이 작가의 천착을 읽을 수 있다. 다케다에 따르면 김학영은 말더듬이라는 자신의 불우한 체험에서 출발하여 '재일이라는 상황'이라는 문제에 정면으로 매달린 작가이며 마이너리티 에스니시즘의 본질을 각자의 실존 조건의 문제로서 보편적으로 포착한 데 그 커다란 의의가 있다. 김학영 문학에 있어 '재일'은 "피차별집단의 아이덴티티를 존중하거나 공동체 상호의 아이덴티티를 서로 인정해 준다는 현대적인 이념과 통하는 것이 아니"라 "어떤 이야기로부터도 외면당해 버린 불우한 삶의 비유"로서만 받아들여져야 한다고 다케다는 강조한다.[8] 그리고 청년 강수차가 김학영에 매료된 이유는, 이 문학가가 어떤 이야기로부터도 계속 거부당하면서도 '이야기의 불가능성'과 같은 관념에는 결코 가까이 다가서지 않았다는 점에 있었다.[9] 우리는 이렇게나 다르며, 그래서 서로의 고통은 말해질 수도 이해될 수도 없다는 불가능성이라는 벽 앞에서 다케다 세이지는 계속

[8] 다케다 세이지 저, 재일조선인문화연구회 역, 『'재일'이라는 근거』(소명출판, 2016), 260쪽.
[9] 위의 책, 198쪽.

질문을 던져 온 사람인 것 같다.

비록 그가 괴로울 때 붙잡은 다케다 세이지는 내가 읽은 다케다 세이지와 관련이 적은 것 같지만 나는 그가 들려준 이런 일화를 떠올렸다. 오랫동안 홋카이도를 거점으로 아이누에 대한 현실 참여적인 다큐멘터리 작업을 해 온 친구와의 대화에서 친구가 '일본인으로서 이 사안에 관심을 가져야 한다'고 역설했을 때 왜 '인간으로서'면 안 되는가를 생각했지만 그렇다고 친구가 일부러 강조했을 '일본인으로서'의 필요성을 부정하며 거기서 멈춰 버리는 것도 곤란하다는 생각을 했다는 이야기였다. 이방인이 내 삶에 이만큼 가까이 오면서 나는 이 문제에 대해서 자주 생각하게 되었다. 우리는 서로 다르고 다름에 충실해야 한다는 이야기와 그럼에도 불구하고 한 테이블에 앉아 대화할 수 있어야 한다는 이야기를 결코 평행선에 두지 않으면서도 위험한 강으로 떠내려가게 내버려두지 않는 일. 그렇다면 우리 그러니까 인간은 또 어디서부터 어디까진가라고 하는 질문들. 아마 답을 내릴 수는 없고 어떻게 질문해야 하는가라는 질문을 걷어차면 안 되는 문제들에 대해서 말이다.

리처드 브라우티건 기타 등등

"늘 밑도 끝도 없으나 대단하지 않은 생각들을 하는데
그 생각에 몰두하느라 늘 정신이 없고 늘 길을 헤매고
자기 자신을 잘 모르고 사람들을 이해하지 못하고
그런데 나는 당신이 누군지 아는데요."

정연 씨가 이렇게 썼다.

한때 나는 박솔뫼를 생각하며 리처드 브라우티건의 소설에 등장하는 쿨 에이드 중독자 소년을 떠올리곤 했다. 너무 가난한 나머지 한 봉지에 2쿼트 분량의 주스를 만들게 되어 있는 쿨 에이드 분말을 설탕도 없이 4쿼트 분량으로 만들어 먹는 쿨 에이드 중독자 소년의 이야기를 브라우티건은 이렇게 끝냈다. 그 애는 자신만의 쿨 에이드 리얼리티를

만들어 내었으며, 그걸로 스스로 만족할 줄 알았다.[10]

이제는 박솔뫼의 리얼리티가 쿨 에이드 리얼리티와는 조금 다르다는 걸 안다. 실은 많이. 가장 큰 차이점은 박솔뫼는 자신이 만들어 낸 리얼리티에 만족하지 않는다는 것? 그건 그저 거기에 있는 것일 뿐이다.[11]

작년 이맘때는 브라우티건의 도쿄 생활을 그린 「리처드 브라우티건 스파게티」라는 단편을 썼다. 그 소설을 쓰기 얼마 전에는 루시아 벌린 리뷰에서 "루시아 벌린을 읽다 보니 새삼 브라우티건과 어느샌가 결별했다는 것이 분명하게 느껴졌고 그것이 무척 쓸쓸했는데 떠나올 것이라 생각하지 않았던 것들을 떠올리면 어쩔 수 없다는 감정과 슬픔이 휘몰아치기 때문이다."라고 썼다. 막상 그렇게 쓰고 나자 브라우티건에게 미안하고 브라우티건과는 헤어지지 못했다는 생각이 들어 단편을 쓰게 된 것이다. 그즈음 뭘 찾다가 영화감독 하세가와 가즈히코가 리처드 브라우티건을 때려서 코뼈를 부러뜨렸다는 에피소드를 발견했는데 그게 인상적이어서 어디든 빨리 그것을 써먹고 싶기도 했다. 리처드 브라우티건은 알려진 대로 일본을 좋아했고 70년대에는 빈번하게 일본을 오갔으며 한 번 오면 몇 개월씩 일본에서 머물렀고 도쿄에서 만난 일본인 여성과 결혼하기도 했다. 그는 도쿄에 머무를

[10] 리처드 브라우티건, 김성곤 옮김, 『미국의 송어낚시』(효형출판, 2002), 30쪽, 재인용.
[11] 인용한 금정연 작가의 글은 계간지 《동리목월》 2021년 겨울호에 실렸다.

때면 신주쿠의 게이오 플라자 호텔에서 묵었다. 정말……
부럽군요. 당시 그를 만났던 일본인 작가들의 소감이
웃긴데 다니카와 슌타로는 게이오 플라자 호텔에 여러 번
가서 시간을 보냈다고 한다. 『미국의 송어낚시』가 엄청난
베스트셀러였기 때문인지 만나자마자 대뜸 다니카와
슌타로에게 나는 미국 어디에 집이 몇 채인데 너는 집이
있니 차가 있니 얼마나 버니 같은 것을 물어보았다고
한다. 미국에서 낭독회를 하면 중간에 청중을 보다 마음에
드는 여자에게 you라고 말하는데 그러면 그날 밤은 그
여학생의 기숙사로 가서 묵는 식이라고. 다음 날 아침
눈을 뜨면 여학생은 복도를 뛰어다니며 브라우티건이 내
침대에 있어라고 환희에 차서 외친다는 브라우티건의
이야기를 전하며 슌타로는 날카로운 평을 남기는데 내가
이걸 영어로 들었으니 듣고 있지 일본어로 들었으면 무슨
멍청한 소리야라고 생각했을 거라고. 무라카미 류는 두
번째 소설을 완성하고 들뜬 채로 브라우티건이 자주 가던
롯폰기의 Craddle이라는 바에 들르는데 "방금 두 번째
소설을 완성했다."라고 외치는 류에게 브라우티건은 "두
번째까지는 쉽지. 중요한 건 그 다음이야."라고 냉정하게
말한다. 이 장면에서는 류의 흥분도 브라우티건의 차분한
코멘트도 모두 완전히 이해가 된다.

아무튼 브라우티건을 이전처럼 좋아하지는 않지만

그래도 좋아하는 작가라고 생각하다가 『임신중절 — 어떤 역사 로맨스』를 읽고 마음이 많이 식었다. 무척 브라우티건적이고 흥미로운 설정과 시작을 가진 소설이었고 작품이 쓰인 시대를 생각하며 읽어도 흥미로운 소설이기는 하다. 그런데 왠지 다니카와 슌타로처럼 말하게 되는데 이게 무슨 멍청한 소리야. 주인공은 너무나 아름다운 여성과 사랑을 하고 피임은 하지 않고 둘은 동화처럼 사랑하고 당시 캘리포니아는 낙태가 불법이었기 때문에 낙태를 하러 멕시코로 떠나는데 시종일관 낭만적이다. 이런 것을 읽고 있자니 이것이 어떻고 저떻고 말하기도 귀찮고 말 그대로 맘이 식는다. 물론 이렇게 소설을 정리하는 것은 치사한 짓이고 매력적인 면이 많은 소설임은 분명하다. 남자 주인공이 운영하는 도서관이 그렇고 도서관을 찾아오는 사람들도 그렇고 그런데 그냥 그래. 루시아 벌린 리뷰를 쓸 때는 루시아 벌린이 너무나 좋다는 마음과 비슷한 시기 캘리포니아에 머물렀던 두 작가가 그리는 병원 풍경이 이렇게 다를 수 있구나 그런데 이제 나는 루시아 벌린으로 충분하다는 생각을 했고 그렇게 썼다. 그런데 그런 생각을 하다 보면 두 사람은 만난 적이 있을까. 나는 왠지 루시아 벌린이 브라우티건을 굉장히 좋아했을 수도 있을 것이라는 확신이 잠깐 들다 말았다. 찾아보면 나올지 모르겠지만 루시아 벌린 리차드 브라우티건 인 캘리포니아 이런 것을 확인해 보고 싶지는 않고 단지 그것을 생각해 보는 것이 좋은데 루시아 벌린은 사람들에 둘러싸인 리처드 브라우티건을 스쳐 지나갈 수도 있고 덩치는 크지만 눈이 겁이 많다고 생각할 수도 있고 그리고 모르겠다. 나는 노스비치에 서 있고 싶고 걷고 또 걷고 싶어진다. 그런 생각을 할 때는 이전처럼 브라우티건이 좋아지고 루시아 벌린은 깊이 사랑하게 된다. (루시아 벌린은 칠레에서 살았던 적이 있는데 1936년에 태어난 루시아 벌린과 1953년에 태어난 로베르토 볼라뇨는 칠레에서 마주쳤을 수 있을까 아마도 아니겠지.)

정연 씨가 쓴 글을 읽고 오래전 쓰려다가 못 쓴 소설이 떠올랐다. 20대 초반이었고 최승자가 번역한 『워터멜론 슈가에서』를 읽은 지 얼마 안 되었을 때였다. (그러고 보니 당시 절판된 그 책을 선물해 준 사람은 김애란 작가였다.) 나는 브라우티건의 딸인 이안타 브라우티건과 미국에서 만나서 브라우티건 이야기를 하는 소설을 쓰려고 했다. 그 사람은 한때 한국에서 영어를 가르쳤다는 이야기를 하고 나는 신기해하고 그러다가 다시 브라우티건 이야기를 하는 그런. 지금 이렇게 한두 줄로 정리하고 보니 왜 못 썼는지 알 것도 같고 동시에 그가 아버지에 대해 쓴 책을 읽어 봐야겠다는 생각도 들었다. 왜 이안타가 한국에서 영어를 가르쳤을 것이라고 생각했냐면 이제야 생각나는데 그때 내가 영어학원을 다니고 있어서였던 것 같다. 영어학원을 다니고 종로를 걷고 어쩌면 리처드 브라우티건 딸이 여기서 영어를 가르쳤을지도 몰라…… 늘 밑도 끝도 없으나 대단하지 않은 생각들을 하는데 그 생각에 몰두하느라 늘 정신이 없고 늘 길을 헤매고 자기 자신을 잘 모르고 사람들을 이해하지 못하고 그런데 나는 당신이 누군지 아는데요.

내가 누구죠?

그때 나는 내 앞에 선 사람에게 흔들리는 창가를 가리킬 것이다. 대답 대신 웃으며 이렇게 물을 건데 나는 그런 순간을 위해 늘 이 구절은 외워 두었다.

저게 뭐지?
바람이야.[12]

나는 브라우티건이 『워터멜론 슈가에서』에서 쓴 이 구절을 브라우티건이 등장하는 단편에서 반복하였다. 소설을 읽어야 아름다움을 알 수 있는 브라우티건의 이 구절은 내가 반복하기 전 다카하시 겐이치로가 반복하였다. 나의 반복은 어색했지만 겐이치로의 반복은 근사했다.

[12] 리처드 브라우티건 저, 최승자 옮김, 『워터멜론 슈가에서』(비채, 2007), 60쪽.

그러고 보면 나는 두 번째 책을 낼 즈음까지만 해도 겐이치로의 모든 소설을 1년에 한 번씩 반복하며 읽었었다. 최근 몇 년 사이 그렇게 반복해서 보는 작가는 하라 료 정도인 것 같다. 브라우티건과 겐이치로는 나의 소설 『머리부터 천천히』에서 함께 술을 마신다. 나는 내가 쓴 소설 중에서도 이 소설을 무척 좋아하지만 이상하게도 이 소설은 늘 떠올리면 대체 이 소설은 누가 읽은 걸까 누가 읽기는 했겠지라는 생각이 함께한다. 그 소설에는 이상한 어쩌면 지나친 가까움과 멂이 함께한다. 왜일까 아마 떠도는 사람들 죽은 사람들의 이야기를 써서 그런지도 모르겠다.

리처드 브라우티건 관련 내용은 William Hjortsberg의 'Jubilee Hitchhiker: The Life and Times of Richard Brautigan'와 블로그 'http://tsfc501.blog66.fc2.com/'를 참조하였다.

로빈

그림이나 만화 같은 것을
그리거나 함.

아니고, 그 대신

한글로 된 원고를 읽으려 했을 때, 쓰지 못한 소설이 떠올랐다. 초등학교 1학년 때, 다른 아이들보다 조금 긴 글을 써 갔더니, "소설가라도 되냐"는 선생님의 말을 듣고서, 소설가라면 소설을 쓰지 않으면 안 되지라는 생각에, 소설을 써 보려고 했지만 곧 소설가가 아니라는 것을 깨달았던 것인지 두세 줄 정도 쓰고는 노트를 팽개치고 소설 쓰기를 관두었다. 쓰기를 관둔 그 소설은, 소년과 앵무새에 관한 것이었다. 앵무새를 기르고 있던 소년은 그

앵무새에게 말을 가르쳤다. 앵무새는 어느 정도는 말할 수 있게 되었지만 무슨 이야기를 하고 있는 것인지 소년은 전혀 이해할 수가 없었다. 소년은 앵무새를 전문가들에게 데리고 갔다. 전문가들은 앵무새에게 이런저런 검사를 했다. 그래도 앵무새가 무슨 말을 하는지, 무엇을 재잘대고 있는지, 그들도 전혀 짐작이 되지 않았다. 소년은 앵무새의 말을 이해하는 것도 말을 가르치는 것도 그만두었다. 그러던 어느 날, 소년은 신문이었나 뭔가를 뒤에서부터 거꾸로 읽어 보았다. 그러자 앵무새가 소년이 거꾸로 읽은 문장을 듣더니 제대로 된 순서로 고쳐서 말했다. 그것으로 앵무새의 이해할 수 없던 말들이 '도어(倒語)'[13] 였고, 앵무새는 지금까지 줄곧 도어로 떠들고 있었다는 것을 깨닫게 되어 그 이후로 소년은 앵무새에게 도어를 가르쳐, 앵무새는 명쾌한 말로 이야기하게 되었다.

읽기 쓰기를 이제 막 깨친 초등학생 정도가 생각할 만한 이야기지만 내 한국어가 읽기 쓰기를 막 깨친 초등학생 정도라 그 이야기가 떠올랐던 것은 아니고 한글로 된 원고를 읽으려 해도 읽을 수 있을 리가 없으니 번역 사이트를 검색했던 것이다. 번역 사이트를 검색하다 구글 번역기 이외에 파파고라는 것이 있다는 것을 알았을 때, '파파고'가 에스페란토어로 앵무새라는 데 생각이 미쳤고 이에 그 소설이 떠오른 것이다. 구글 번역과 파파고 둘 중

[13] 사전상 도어는 '네가 좋다.'를 '좋다, 네가.'와 같이 말의 순서를 바꾸어 놓은 말이지만 이 글에서는 글자를 역순으로 읽는 것을 뜻한다. 저자의 모어인 독일어를 기준으로 알파벳을 역순으로 읽는 것으로 예를 들어 보자면 Hello가 Olleh가 되는 식이다.

어느 쪽이 나을지는 알 수 없었다. 원고를 각각 번역하여 비교해 봤지만, 몇 줄을 읽어 봐도 완전히 같은 문장이었다. 한 가지가 달랐는데 '~가 아니고'라고 되어 있는 부분이 파파고는 '~대신에'로 되어 있었다. '~가 아니고'가 아니고, '~대신에'. 혹은 '~가 아니고' 대신에 '~대신에'라고 해야 할까. 그 이야기를 친구인 윤에게 했더니, 자동번역을 쓸 경우 영어의 데이터가 압도적으로 많으니 일단 영어로 하고 다른 언어로 번역하는 것이 기본이라고 했다.
그렇구나 하는 생각에, 이번에는 원고를 영어로 번역하여 읽어 보았지만, 좀 전에는 여러 군데 브라우티건이라는 미국 소설가의 이름이 나왔는데 브라우티건을 영역하면 Richard Brautigan이 아니게 되는 것이다. 아니, Richard Brautigan이 아닌 것이, 아니고, 그 대신이라고 해야 한다. Richard Brautigan 대신에 Richard Brown 대신 Brown Teagan 대신에 Brau Teegan의 대신인 Brownie의 대신의 Brutigan의 대신인 Broutigan. 이쯤 되니 한글 원고에 관해 무슨 말을 하고 싶은지 알 수 없어져 버렸고 그 대신에 아베 신조가 살해당한 날의 이야기를 해 볼까 한다.

아베 신조라는 일본 전 수상이 살해당한 날에 나는 시민 수영장에 수영을 하러 갔다. 물론 내가 시민 수영장에서 수영을 했기 때문에 아베 신조가 살해당한 것도 아니고 아베 신조가 살해당했기 때문에 내가 시민 수영장에 갔던 것도 아니다. 그날은 일을 마치고 주오선을 타고 돌아오던 중에 전차 안의 스크린에 '아베 신조 살해당해…'라는 뉴스의 자막이 보였고 뭐야 아베 신조가 살해당한 건가라고 생각했지만 그날은 스마트 폰을 두고 왔기 때문에 관련 뉴스를 찾아볼 수 없었고 집에 돌아왔을 때는 아 그런데 저녁밥은 어쩌지, 수영장에라도 가서 수영이나 할까 같은 생각을 하다 아베 신조가 죽었다는 것을 완전히 잊어버리고 말았다. 그러고는 시민 수영장에 갔던 것이다.

나는 시민 수영장에 갔고, 시민 수영장에는 시미즈 씨가 있었다. 10년쯤 전에 수영장에 다니기 시작했을 즈음부터 갈 때마다 시미즈 씨가 있어서 어느샌가 탈의실에서 이야기를 나누게 되었고 서로 자기소개를 했지만 그것도 몇 년 전의 일이라 시미즈 씨 이름은 쓰지 않는 패스워드처럼 정말 시미즈 씨였을 수도 있지만 시미즈 씨가 아니라 완전히 다른 이름이었을지도 모르겠다. 시미즈 씨가 정말로 시미즈 씨인지 확실히는 알 수 없어져 버렸지만 이제 와서 물을 수도 없으니 시미즈 씨라 부를 수밖에 없는 것이다. 시민 수영장에 가면 여든 살에 가까운 시미즈 씨가 있다. 시미즈 씨는 풀장 안에서 인사해 주었다. 풀장에 들어가 수영하다 폐장 시간이 되어 풀장에서 나와 탈의실에서 옷을 갈아입자 키가 크고 마른 데다 머리가 약간 벗겨진 턱수염이 난 60대 남자가 오늘 아베 신조가 죽었지요 하고 미소를 띤 채로 말했다.

턱수염 남자는 조금 면식이 있는 사람이었다. 어떻게 알게 되었는가 하면 몇 년 전 신후추가도(新府中街道) 연장으로 주오선을 넘어가는 2~300미터 길이의 큰 다리가 생겼는데 원래 타마란자카(たまらん坂)에 있었던 생협 마트가 문을 닫고 다리 앞에는 새로운 대형 마트가 생겨서 나는 시민 수영장에서 수영을 하고 곧잘 마트에 들렀는데 턱수염 남자도 그랬던 것이다. 수영장에서만이 아니라 그 후에 마트에서도 자주 마주쳤으니 언젠가부터 가볍게 목례하게 되었다. 턱수염 남자는 아베 신조가 살해당했다고 말했고 시미즈 씨는 심드렁하게 오후부터 텔레비전에서 계속 나왔으니까요라고 말했고 나는 어째서 이제 와 전 수상을 죽인 걸까요라고 묻고 옆에 있던 다른 사람들도 뭐라고 말하고 밖을 나가도 아베 신조가 죽은 뉴스로 한동안 설왕설래가 이어지고 있었다. 마트 폐점 시간이 되어 겨우 자전거를 타고 턱수염 남자와 함께 집으로 향했다. 턱수염 남자는 다나카 씨라고 하는데 다나카는 흔한 이름이니까 기억하기 쉽지 하고 다나카 씨는 말하고 나는 페달을 밟으며 기억하기 쉽네요 대답했다. 다나카 씨는 카고시마 출신으로 대학 입시 학원 강사로 고전을 가르치고 있지만 실은 근대문학을 좋아한다고 말했다. 독일은 『날으는 교실』의 캐스트너 말고는

아는 사람이 없네 아동 문학 작가 있잖아라고 다나카 씨가 말하자, 다카하시 겐이치로가 금요일 밤에 하는 「날으는 교실」이라는 라디오 방송을 자주 듣는다고 나는 말했다. 다나카 씨는 라디오 방송은 몰랐지만 다카하시 겐이치로는 아 겐이치로 말이지, 독일은 뭐 캐스트너랑 그 다음엔 히틀러 정도네 아는 건이라고 말했다. 곧 있으면 신후추가도의 큰 다리를 건너야 할 때라, 어디 사느냐고 다나카 씨가 묻자 타마란자카를 내려오는 쪽 부근인데 그러고 보니 「타마란자카」라는 소설이 있는데, 얼마 전에 영화로도 만들어졌다고 말했다. 그런 게 있었느냐고 다나카 씨가 말했다. 있어요. 틀림없이 쿠로카와 세이지였나 그런 소설가가 썼다고 나는 말했다. 쿠로카와 세이지라, 타마란자카라는 노래도 있잖아요 하고 다나카 씨는 말했다. 유명한 노래지요 이마노 키요시로인가 하는 가수 노래였나 하고 나는 말했다. 응 이-마-와-노 키요시로라고 다나카 씨가 말했다. 타마란자카 위쪽에 사는 다나카 씨와 헤어져 타마란자카를 내려와 집에 돌아와서야, 쿠로카와 세이지라는 소설가는 없다는 게 떠올랐다.

타마란자카는 쿠니타치에 있는 언덕이다.
역의 남쪽 출구에서 나와 비스듬히 왼쪽으로 뻗은
아사히 길로 들어가, 상점가를 5~600미터 걷다가
모퉁이에서 좌회전하면 눈앞에 보이는 쭉 뻗은 언덕.

정확하게는 '타마란자카(多摩蘭坂)'라고 쓰는데, 쿠로이 센지(黑井千次)라는 작가가 쓴 『타마란자카(たまらん坂)』라는 소설은 매일 밤 일에 지쳐 언덕을 올라 귀가하는 샐러리맨이 이마와노 키요시로의 「타마란자카(多摩蘭坂)」를 듣고 이 언덕은 타마[14] '多摩의 蘭'에서 가져온 이름이 아니라 "못 참겠어, 못 참겠어."[15] 괴로워하며 언덕을 올랐던 전쟁에 패한 무사가 있어서 '타마란자카'라고 불렸다는 생각에 몰두하게 되었고 그렇게 지명의 기원을 찾다 이런저런 이야기를 알게 되지만, 무사의 이야기는 어디에서도 나오지 않았다는 이야기다.

다음 번 시민 수영장에서 다나카 씨를 만났을 때 바로 『타마란자카』 저자 이름이 틀렸다고 말해 두었다. 쿠로카와 세이지(黑川千次)가 아니고 쿠로이 세이지(黑井誠司)였어요, 그렇게 말하고도 '쿠로이 세이지'[16]라니, 꽤 수수한 필명이네 하고 생각했다. "쿠로이 세이지인가요?" 다나카 씨가 물었다. 그러더니 바로 "나도 생각났는데. 독일에는 괴테도 있죠."라고 덧붙였다. 며칠 지나 문득 기억이 나, 쿠로이 센지(黑井千次)가 쿠로이 세이지가 아니고, 쿠로이 센지라는 것을 알아차렸다. 리처드 브라우티건(リチャード·ブラウティガン)이 리처드 브라우티건(Richard Brautigan)인 것처럼.

리처드 브라우티건의 『동경일기』라는 제목의 시집을

[14] 도쿄도에 위치한 곳으로 글의 배경인 쿠니타치는 타마시를 기준으로 북쪽에 위치하였다.
[15] 일본어로 '타마라나이(たまらない)'는 '참을 수 없다'는 의미다.

일본에 번역한 사람은 시인 후쿠마 켄지인데, 그는 젊은 시절 와카마츠 프로 영화에 출연하기도 했고 90년대 이후에는 파트너인 영화 프로듀서 후쿠마 케이코의 도움으로 시인으로서의 활동 외에도 여러 편의 영화를 연출하기도 했다. 작년 여름에는 세이세키사쿠라가오카에 있는 작은 강에 접한 찻집에서 상영회가 있어 영화를 보러 갔는데 그때 두 사람과 알게 되고 서로 가까운 곳에 산다는 것을 알게 되었다. 매달 말에는 기존 작품 한 편과 함께, 「파라다이스 로스트」라는 타이틀의 최신작을 상영하고 있었다.

「파라다이스 로스트」는, 한 여성이 남편의 돌연사에 충격을 받으면서, 다시 일어나 새롭게 출발한다는 이야기다. 젊은 남자가 쓰러지는 장면에서 영화는 시작한다. 아랍어 등으로 된 귀중한 고서의 통신 판매를 업으로 삼았던 죽은 남편의 그 장서를 여자는 단번에 팔아 버리고 야채 가게에서 일하기 시작한다. 그 이후 여자는 죽은 남편의 남동생과 만나게 된다. 로케 대부분은 내가 살고 있는 쿠니타치 부근이다. 아사히 길의 붉은 포렴을 친 금수원(金水園)이라는 작은 가게는, 지나가며 자주 보았지만 밖에서 들여다볼 수 없어서 들어가 볼까 생각한 적도 특별히 신경 써서 본 적도 없었다. 영화에는 가게 안을 찍은 쇼트가 있었다. 탄탄면 500엔이라든가 가지볶음

[16] 실제로 『타마란자카』를 쓴 작가는 쿠로카와 세이지가 아니고 처음 언급된 대로 쿠로이 센지(黑井千次)다. 이걸 여러 번 말할 때마다 다른 이름과 표기로 매번 착각하는 것이다.

정식 680엔이라든가, 벽에 붙은 종이에 쓰인 가격이 무척 저렴했다. 영화를 보고 나서는 종종 가게에도 들르게 되었다. 상영회에 관객은 몇 명 없었지만 상영 후 짧은 토크 프로그램이 있었다. 영화에 나온 헌책을 빌려준 이가 이번에 쿠니타치에 가게를 내게 되었다고 후쿠마 씨가 말했다.

그 후 몇 개월 지나 가을이 되어 아사히 길에 초승달 서점(三日月書店)이라는 작은 헌책방이 생겼다. 건물 1층에 있는 좁은 방 하나뿐인 곳이지만, 가게 앞에는 분야별로 정리된 책장과 나무 상자가 놓여 있고 그림책이나 연구서, 소설이나 신서, 영어에 프랑스어 이탈리어 등 다양한 희귀 언어로 쓰인 고서가 갖추어져 있었다. 어느 날 서점을 지나가다 후쿠마 켄지와 후쿠마 케이코 씨가 있는 것을 보고 들어가 인사를 했더니 가게를 보고 있던 여성에게 나를 소개시켜 주었다. 그러다 다음에 갔을 때는 가게를 보고 있던 젊은 남자가 후쿠마 씨 친구분 되시나요 하고 말을 걸어 주었다. 그런 연유로 후쿠마 부부를 알게 되고 후쿠마 부부의 소개로 초승달 서점을 경영하는 아야코와 코헤이와도 알게 되었다.

일이 끝나고 돌아오는 길에는 서점을 지나게 되니 그때부터 일주일에 한 번은 헌책을 사거나 잠시 멈춰서 이야기를 하거나 하게 되었고, 어느 날 영업이 끝날 즈음

들렀을 때 자연스럽게 코헤이와 근처 술집에 가게 되었다. 맥주를 마시며 이런저런 이야기를 하다 「파라다이스 로스트」에도 책을 빌려줬었지요 말하자, 코헤이는 영화가 그렇게 맘에 들지는 않았다고 말했다. 좋은 영화인데 왜 좋아하지 않느냐고 묻자 코헤이는 여성 캐릭터가 상반신을 벗고 나오는 장면이 있는데 그게 불필요하지 않느냐고 말했다. 아니 그건 여성 주인공이 죽은 남편의 남동생과 맺어졌다는 것을 의미하니까 그다지 불쾌한 것은 아니지 않느냐고 나는 변호했다. 그럼에도 코헤이는 자신과 같이 헌책의 통신 판매 일을 하던 남자가 죽잖아요, 그 아내가 다른 남자와 가까워지고 그게 좋지는 않죠 하고 말했고, 나는 극영화가 다소 현실에 영향을 받는 것도 할 수 없지 픽션이니까 하고 말했다. 그건 그렇지만 후쿠마 씨네랑은 이전부터 알던 사이인 데다가 예전부터 아야코를 무척 아꼈으니까 좋지는 않죠라고 코헤이가 또 말했다. 뭐 영화 속 남자는 죽지만 코헤이는 살아 있으니 상관없지 않을까 하고 다시 나는 변호했다. 코헤이는 한숨을 쉬며 아니, 상관없다고 해도요, 영화 속 남녀 이름이 코헤이랑 아야코잖아요 하고 코헤이가 말하니 나는 웃음이 나올 것 같아 그건 좀 심했다고 인정해 주었다. 그날 밤 코헤이가 술을 샀으므로 담에는 내가 살게 약속하고 헤어졌다.

이건 몇 개월 전 이야기로 8월이 되어 초승달 서점에

갔더니 언제 살 거예요 하고 코헤이가 묻길래 그 다음 토요일 교자와 완탕을 사서 캔맥주 팩과 음료수와 함께 들고 갔다. 코헤이는 집에서 캠핑용 의자를 가져와 가게 앞에 작게 공간을 만들더니 나무 상자를 눕혀 테이블을 만들어 그걸로 둘이서 서점 앞에서 의자에 앉아 느긋하게 교자를 먹으며 캔맥주를 마셨다. 근처 가게도 곧 문을 닫고 지나는 사람도 서서히 줄었지만 10시가 지나자 역 쪽에서 두 남녀가 다가와 무엇을 하고 있느냐고 놀란 목소리로 말을 걸어왔다. 누군지 보자 후쿠마 켄지와 후쿠마 케이코 씨였다. 코헤이는 다른 상자 두 개를 가져왔고 우리는 두 사람에게 캠핑 의자를 양보하고는 남은 캔맥주를 건넸다. 켄지 씨는 만두피가 들러붙어 한 덩어리가 되어 버린 완탕을 손으로 가르더니 두세 개 먹고는 남겼다. 두 사람은 보고 온 영화 이야기를 했고 나는 베르너 헤어조크 이야기를 했다.

「도쿄가(東京画)」라는 영화에 헤어조크 자신이 등장하는 짧은 장면이 있다. 수트 차림에 넥타이를 맨 콧수염이 난 헤어조크가 도쿄타워 전망대에 서서 그 아래 펼쳐진 도쿄라는 도시를 내려다보며 그 모욕당한 풍경에는 더 이상 그림의 가능성이 없어, 8000미터 고산에 올라도 좋을 것이며 로켓에 올라 화성으로 날아가 보아도 좋을 것이고, 지금의 지상에는 더 이상은 없어, 순수하며 맑고

투명한 이미지를 찾지 않으면 안 돼, 같이 원고를 읽는 듯한 말투로 말하고 있다. 내 머릿속에서는 어째서인지 그 장면이 마그리트의 유명한 그림과 한 쌍이 되어 있었다. 파이프 그림 밑에 「이것은 파이프가 아니다」라고 쓰여 있는 그 그림. 헤어조크 영화와 그 그림은 거울을 앞뒤로 들며 뒷모습을 비춰 보는 일처럼 느껴진다. 「이것은 파이프가 아니다」 대신에 「이것이야 말로 그림이다」라고 써 있다.

초승달 서점에서 이야기한 것은 이런 것은 아니고, 헤어조크의 최신 영화에는 드론으로 찍은 영상이 미친듯이 많다든가 그런 이야기를 했다. 후쿠마 켄지 씨는 헤어조크가 19세기 인간이다, 문학청년 같아서 신뢰할 수 있다고 했다. 케이코 씨는 도쿄는 여름에 너무 더워서 홋카이도로 피서를 갈 거라는 이야기를 했다. 언제 출발하느냐고 물었더니 나와 같은 날 겨우 30분 전 출발에 같은 나리타 공항 제 1터미널에서 뜨는 비행기였다. 두 사람이 돌아가고 코헤이와 내가 정리를 하다 손이 닿은 완탕은 어떻게 하라는 거야 말하자 코헤이는 가져가서 다시 데우면 어때? 하고 말해서 웃었다.

"심야가 되어서야 겨우 선선해진 아사히 길, 불빛이 꺼지지 않는 초승달 서점 앞을 제멋대로 광장으로 써 버리는 두 사람 생각하는 것이"라는 문장으로 끝나는 후쿠마 켄지의 트위터 시의 링크를 코헤이가 다음 날 보내

주었다. “생각하다” 주어는 두 사람일까 누구일까, 생각하는 것은 무엇일까 확실히 알 수 없었지만 코헤이도 모르겠다고 말했다. 남은 완탕은 가져가 냉장고에 넣었지만 2~3일 지나 먹지 않아 버렸다. 나리타 공항에서 체크인을 한 뒤 국내선 쪽에 가 보았지만 후쿠마 씨 부부는 보이지 않았다. 그 후 아부다비를 경유하여 3년 만에 독일로 돌아갔다. 독일의 영화관에는 하마구치 류스케의 영화가 걸려 있었고 신문에는 베르너 헤어조크의 자서전 서평이 실려 있었다. 부모님이 더 늙었다고 생각했다. 그 외에도 이런저런 일들이 있었다. 그렇게 22년의 여름이 끝났다.

번역 박솔뫼

로빈은 도쿄에서 텐트연극을 보며 알게 된 친구이다. 처음 몇 해는 연극을 하는 텐트 안에서 배우로 로빈을 보았고 이후에는 커피를 마시거나 함께 산책을 했다. 로빈은 연구자로 생활하며 텐트연극을 했고 나중에는 그림을 그린다는 것도 알게 되었는데 그때 본 로빈의 그림들이 정말로 좋았다. 거기다 내가 아는 가장 많은 언어를 구사하는 사람인데 그 때문인지 로빈과의 대화는 여러 색의 공이 눈앞에서 쏟아지는 것처럼 여러 말들이 오가고 던져지고 놓치기도 하면서 언제나 즐겁고 흥미로워진다. 그렇게 한참 이야기를 하다 어느 순간 완전히 무방비한 아이 같은 얼굴이 로빈에게 나타났다 사라지고는 하는데 그런 순간들은 시간이 지나도 오래도록 기억되는 것 같다. 떠올랐다 사라지는 어느 한 순간의 사람들의 얼굴에 대해 그 표정은 뭐였을까 생각하면서 말이다.

by 박솔뫼

「럭비장 뒤」

Raul Lovisoni & Francesco Messina
—「Prati Bagnati Del Monte Analogo」

"남들에게는 보이지 않게
기울어진 경사를 기어서라도
올라가고 있는 사람들이 있을 것이다."

르네 도말의 『마운트 아날로그』(이모션북스, 2014)는 읽을 때보다 읽고 나서 시간이 더 흐른 후 떠올렸을 때 더 좋은데 비슷한 예로 로버트 체임버스의 「노란 옷 왕」도 그렇다. 이런 수식은 어느 것에나 갖다 붙여도 그럴싸해서 하나 마나 한 말일 수 있겠지만, 이 형이상학적 그래픽을 다루는 소설들에 있어서만큼은 '뒤늦게 떠올렸을 때 더 좋음' 현상에 대해 보다 더 자세하거나 근거 있는 이야기를 할 수 있을 것이다.

프로듀서 프랑코 바티아토. 작곡가 라울 로비소니, 프란체스코 메시나. 『마운트 아날로그』를 읽고 감명을 받은 세 이탈리아인은 1979년, 소설에서 받은 영감을 음악으로 구체화한 「Prati Bagnati Del Monte Analogo」 앨범으로 각각 삼각형의 세 꼭짓점, 세 변이 되어, 이탈리아 아방가르드 신에 거대하고도 투명한 산을 새겨 넣는 데 성공한다. 나는 모아빗에 있는 이민국으로 향하는 버스 안에서 이들의 앨범을 들었다. 아침 8시 내가 좋아하는 베딩의 La Fiamma 식당 앞에서 탄 M27 버스에는 늘 그렇듯 백인 한 명 없이 터키계 사람들과 소수의 동아시아계 사람들로 가득했고 창밖에 드리운 먹구름 우리의 머리색처럼 조도 어두운 트랙 안으로 빽빽이 앉거나 선 이들의 활기가 모국어로 오갔다.

42분짜리 앨범은 이민국 입구에서 줄을 기다릴 동안에도 아직 끝나지 않고, 2년 전 첫 번째 체류 허가 심사를 받았을 때와 달리 마스크를 착용하고 백신증명서까지 제출한 뒤에야 건물 안에 들어선 나는 이민국 대기실에 앉아 지금의 기분에 대해 생각했다. 오직 이 상황 이 시간 이 장소에게서만 느낄 수 있는 기분이 있다. 가장 먼저 떠오르는 건 기만함이었는데 내가 체류 허가 심사를 준비하기 위해 여러 서류를 준비하고 마음을 졸이고 곧 있을 인터뷰에 긴장을 한다 해도 지금의 기분을 확인할

여유가 있다는 건 어쨌거나 내게 돌아갈 수 있는 곳이 있기 때문이다.

최근에 알게 된 친구 니마는 아프가니스탄 출신의 씨네필로 본격적으로 영화를 하기 위해 함부르크로 왔다. 얼마 전 니마는 2021년 카이로 영화제 단편경쟁부문에 초청되어 카이로에 갈 준비를 모두 마쳤지만 난민 비자라는 이유로 출입국이 모두 거부되었다. 함부르크에 있는 아프가니스탄 식당에서 하마구치 류스케 이야기를 나누다가, 이번 카이로 영화제에 「드라이브 마이 카」가 상영된다며 본인 영화도 영화지만 하마구치 류스케의 신작을 볼 수 있다는 생각에 들떠 있던 니마는 카이로에 갈 수 없게 됐다. 독일어는 진즉에 마스터했지만 영어를 잘 못하는 니마는 자기가 좋아하는 감독들의 영어 인터뷰 영상들을 찾아보며, 카이로 영화제에서 할 인삿말을 만들고, 자기가 만든 영어 문장이 말이 되는지, 우습진 않은지 괜찮은지 한겨울 밤 항구를 낀 추운 골목에 서서 우리를 향해 리허설 했지만 그 인삿말은 전할 수 없게 되었다. 이민국의 대기실에는 나와 같은 사람들도 있지만 니마와 같은 입장의 사람들이 더 많을 것이다. 그것은 절박한 겸손이 무섭게 흐르는 대기실의 고요로 느껴진다.

어느 장소에서 살아갈 허락을 받는 일. 허락을 받으며 살아가는 일에 대해서 베를린에 오고 나서부터 더 생각하고 느끼고 있는 것 같다. 이런 상황에 놓이면 의식적으로든 무의식적으로든 그 사실들이 온 순간에 감지된다. 단지 체류 허가증의 문제를 떠나, 나와는 비교할 수 없는 경우들로 이 사라짐, 증명의 감각을 매일 매 순간 온몸으로 부딪치는 사람들이 있을 것이다. 남들에게는 보이지 않게 기울어진 경사를 기어서라도 올라가고 있는 사람들이 있을 것이다. 그렇게 올라가는 사람들이 만들어 내는 거대한 산이 있을 것이다. 당장은 투명하지만 돌이켰을 때 돌이켜보는 시선의 반사됨으로 영원히 빛나고 있을 산이 있을 것이다.

엔가쿠지 나들이 1

**“서로 몰랐던 사람들과 엉겨 붙는다.
글쓰기와 번역, 그리고 읽기는 이렇게
피 흘리는 손으로 산산조각 난 세계를
이어 붙이는 영위가 아닐까 생각했다.”**

만남은 하나의 상연이다. 만나러 가기 전에 어긋난 채로 공유되는, 배역과 무대에 대한 전제들이 있다. 이날은 시작부터 한 가지 전제가 무너졌는데 전차가 시간표대로 운행하지 않는다는 문제였다. 일요일 아침, 나는 K, 그리고 K의 누나와 함께 가마쿠라의 엔가쿠지라는 절로 하쓰모데를 가기로 약속했다. 하쓰모데란 신사나 절에 가서 한 해의 무사와 평안을 비는 새해 첫 참배를 말한다.

우리는 각자 가장 가까운 역에서 출발해 오전 11시에

기타가마쿠라 역에서 만나기로 했다. 전날 검색을 해 보니 적당한 시간에 쇼난 신주쿠 라인에서 요코스카센으로 직통 운행하는 열차가 있어서 시부야에서 그걸 타고 책을 읽으며 가기로 정해 두었다. 그러나 시부야 역에 가니 두 노선 모두에 문제가 생겨 열차가 연착되는 모양이었고 이동 시나리오를 다시 짜야 했다. 아직 선로 상황이 반영이 안 된 경로 검색 앱은 무용지물이었으므로 결국 안내 방송이 추천하는 대로 시나가와 역으로 갔다. 거기에서 나와 마찬가지로 미리 정해 둔 열차를 타는 데 실패한 다른 등장인물들과 만났다. 예상보다 일찍 대기실에서 쫓겨난 우리 세 배우는 먼저 시나가와에서 요코하마로 갔고, 요코하마에서 오후나로, 오후나에서 기타가마쿠라로 두 번을 더 갈아타 겨우 엔가쿠지에 도착할 수 있었다. 어쨌든 목적지에 도착했으니 사소한 문제일지도 모르겠지만 내게 열차의 연착은 늘 심오한 사건이다. 사회는 선언과 약속과 믿음으로 이루어져 있다는 사실을 알려 주기 때문이다. 그것들은 모두 깨지거나 철회될 수 있다.

엔가쿠지는 가마쿠라 막부 시절인 1282년에 창건된 절로, 원의 침략으로 목숨을 잃은 많은 영혼들을 적, 아군 상관없이 애도하기 위해 세워졌다고 한다. 우리의 올해 하쓰모데 장소가 엔가쿠지로 정해진 것은 K의 제안 때문이었다. 엔가쿠지 경내에는 묘지도 있는데 여기에 영화감독 오즈 야스지로가 잠들어 있다. 영화를 만들기도 하고 영화에 나오기도 하는 K의 누나는 10여 년 전에 동료 영화인들과 함께 오즈의 무덤을 찾았던 사진을 일전에 우리에게 보내 준 적이 있다. 언니는 공동묘지의 지도를 보지도 않고 분명 이런 식으로 이렇게 올라갔던 것 같은데 하며 감으로 척척 나아가더니 오즈의 무덤 앞으로 우리를 안내했다. 널리 알려진 대로, 혹은 사진에서 본 대로 '무(無)'라는 단 한 글자가 새겨져 있었다.

엔가쿠지 산책을 마치고 가마쿠라 역 상점가로 와 식사를 할 곳을 찾았다. 들어가고 싶은 가게에 줄이 길었지만 의자가 있었기에 이름을 적고 기다리기로 했다. 우리는 모두 가지고 있던 책을 꺼냈다. 각자의 책을 읽으며 식당 줄이 줄어들기를 기다리는 사이 나는 문득 어릴 때 동네에 있었던 구립도서관을 떠올렸다. 별다른 추억도 없고 자주 가지도 않았지만 동네의 아는 남매와 함께 책을 읽으러 온 아이들이 있지 않았었나 나는 그걸 보지 않았었나 누구의 기억인지 모를 장면을 떠올리고 있었다. 어쩌면 내가 이렇게 셋이 함께 있을 때, 그들이 서로를 알았고 함께 보낸, 혹은 다른 공간에 있었어도 서로의 누나 혹은 동생으로서 보낸 긴 시간을 모르는 채 그들에게 끼어 있을 때 생기는 소외감이 만들어 낸 하나의 방편적 픽션일지도 모른다. 이렇게 셋이서 서로를 상대역이자 관객으로 한 대화를 할 때 나의 극 해석, 각자의 역할에 대한 해석은 늘 실패하는 기분이 든다. 그러나 이것이 부정적인 감정이라 말하려는 건 결코 아니다. 나는 그 두 사람이 서로에게 의지했던 오랜 시간을 상상하는 걸 좋아한다. 그 안에 내가 있지는 않지만 그들을 보고 있는 내가 없었다고 할 수도 없다.

언젠가 K는 자신의 누나의 존재에 대해 '카타와레(片割れ)'라는 표현을 쓴 적이 있다. 한국어로는 반쪽이라고 번역하는 것이 자연스럽겠으나 나는 이 말이 두 조각을 합쳐 놓으면 하나의 완벽한 '개(個)'로 돌아갈 것 같은, '반(半)'이 상기시키는 이미지와는 거리가 있다고 생각한다. 중요한 것은 '와레(割れ)'라는 말에 있는 '깨어져 있음'이라는 상태다. 여기에는 더 이상 나눌 수 없는 것(Individual)으로서 출발하는 '나=개인'과는 조금 다른, 애초에 분별이 없이 모든 것이 엉겨 붙어 있던 세계로부터 제멋대로 깨어져 나온 조각들로서의 사람이라는 상이 더 강렬하게 드리워져 있다.

나와 K는 각자 가져온 책을 읽었고 언니는 내가 가져온 문예지 《분게이》의 봄호를 읽고 있었다. 여기엔 내 친구가 쓴 글이 실려 있다. "엄마는 나를 자기 감정 쓰레기통으로 쓴다."라는 문장으로 시작하는 이 글은 글쓴이를 평생 괴롭혀 온 엄마의 모순을, 그 사람과의 대화를 통해 분석하며 이해해 보려 한 글이다. 엄마는 아빠가 읽을 것을 두려워 해 한국어로는 발표하지 말아 줄 것을 당부했다고 한다. 그렇게 일본어로 발표된 이 글을 K와 K의 누나도 읽었다. 이 친구는 작년 말 하나뿐인 언니를 잃었는데 이 글의 추신으로 짧은 조사(弔詞)가 적혀 있다. K와 그의 누나는 이 글에 나온 자매의 인생에 한 번도 등장한 적 없지만 자신의 아픔처럼 아파했다. 서로 몰랐던 사람들과 엉겨 붙는다. 글쓰기와 번역, 그리고 읽기는 이렇게 피 흘리는 손으로 산산조각 난 세계를 이어 붙이는 영위가 아닐까 생각했다.

그런데 우리는 왜 엔가쿠지에 갔을까. 그러니까 K는 하필이면 왜 그 절에 가자고 했을까. 뒤늦게 물어봤더니 긴 답변을 보내왔다. 직접적인 계기는 야나기 무네요시의 에세이에서 본 엔가쿠지와 관련된 스즈키 다이세츠의 일화였다고 한다. 그러나 좀 더 큰 배경은 이랬다. 자신의 본가의 종파는 정토진종인데, 정토진종은 타력본원(他力本願) 사고방식의 불교다. 타력본원이란 '자기 힘으로는 어찌할 수 없으니 아미타불께 의지합시다.'라는 가르침이다. 신란의 『탄이초』가 그런 세계관을 담고 있다고 한다. 이 정반대에 있는 것, 그러니까 자력본원(自力本願), 모든 것은 자기 안에 있다고 하는 것이 그가 요즘 열심히 읽고 있는 『임제록』의 가르침으로, 임제 스님이 만든 종파가 임제종인데, 엔가쿠지는 임제종 엔가쿠지 파의 대본산이었던 것이다.

니시다 기타로는 "『탄이초』와 『임제록』만 있으면 살아갈 수 있다."라고 했다는데, 전혀 상반된 두 책을 가지고 그렇게 말한 데는 이유가 있다고 그는 말했다. 두 가지 가르침은 결국 같은 장소에 도착하게 된다고. 분별이 없는, 분절이 없는 곳으로 간다는 것은 그런 거라고. 자력즉타력, 타력즉자력. 이것이 종파를 넘어 불교 전체의 가르침의 진수이기도 하다고 말이다.

친구의 일기	**케이타**
	음악가. 사운드 디자이너.
웃는 얼굴	

Are you okay?라 보냈더니 곧장 답장이 왔다. I don't know. All of this doesn't feel ok. 말은 때때로 깨진 항아리이다. 정성스럽게 복원할수록 공허하게 들린다.

처음으로 본 흑해는 무척 잔잔했다. 살짝 자욱한 물빛이 펼쳐져 있었고, 멀리까지 얕은 여울임을 느낄 수 있었다. 오데사는 키이우에서 차로 다섯 시간. 그녀의 본가에 도착하자마자 둘이서 해변을 걸었다. 맨발에 부딪치는 파도는 생각보다 차갑다. "흑해는 파도가 작구나."

하고 중얼거리자 그녀는 "이만큼 높아질 때도 있어."라면서 득의양양하게 손을 들어 보였다. "폭풍 때문인지, 큰 배가 다니는 탓인지, 왜 그렇게 높아지는 건지는 아무도 모르지만."이라며, 장난스럽게 고향을 말하는 얼굴이 있었다.

흑해에는 하늘과 바다의 색이 이상하게 비슷해지는 시간대가 있었다. 흐릿한 저쪽 수평선에 고래로부터 전해지는 흰 이야기를 느꼈다. 혼자 선창에 앉아 멍하니 저쪽을 바라보고 있자 "무슨 일 있어? 눈이 슬퍼 보여."라며 그녀가 다가왔다. 그녀의 남편도 내 옆에 앉았다. "왜 검은 바다라고 부르는 걸까?" 내 중얼거림에 그들이 어떻게 대답했는지는 기억나지 않는다. 고요한 해 질 녘이었다.

우크라이나 침공 속보로 충격에 휩싸인 순간에 차례로 눈에 떠오른 것들은 그런 광경이었다. 색은 평평한 음화에 반전된 상태로 인화되어 있다. 그리고 섬광에 의해, 다시 반전되어 떠오른다. 선명하게. 왜 그런지는 아무도 모른다. 한 장의 잎은 천천히 타오르면서 그 한가운데 항상 새로운 색깔의 가능성을 품고 있다. 그리고 그것은 어느 때 영문도 모른 채 공중제비를 한다. 그런 생각이 든다.

키이우에 있는 그녀의 집. 거실의 소파는 감청색이었다. 매일 밤 그곳이 내가 잘 곳이 되었다. 영화 프로덕션을 이끄는 그녀의 집에는 늘 동료들이 모여 기획 내용을 다듬곤 한다. 이해할 수 없는 언어가 넘나드는 가운데서 잠에 빠져드는 건 익숙해지니 의외로 기분이 좋았다.

그날 밤도 소파에서 뒹굴거리고 있었다. 갑자기 사람들의 웃음소리가 들려 눈을 뜨고 거실 쪽을 살펴보니 다 같이 그녀의 어린 아이에게 말을 트게 하려는 듯했다. "크라사타라고 해 봐!" "하하하하하, 자, 크라사타!" "말하려나? 아아, 크라사타!" 러시아어를 모르는 나도 대충 그런 말을 하고 있는 것은 알 수 있었다. 그녀도 두 팔을 벌리며 "크라사타—!"라고 익살을 부렸다. 아이의 눈은 그저 멀뚱멀뚱 어른들의 얼굴을 오갈 뿐이었다.

그 울림은 묘하게 귀에 남았다. 날이 밝고 아침을 먹으며 뜻을 물어보니 어젯밤 일이 생각났는지 모두가 웃었다. "크라사타는 beautiful이야." "그런데 명사잖아?" "그러게, 명사였지?" "그러니까 직역하면, beauty인 건가?" "철자는 Красота". 모두가 정성껏 가르쳐 주었다. 곧바로 Wiktionary를 찾아보니, Красота·beauty(quality of pleasing appearance)라고 나와 있었다. 러시아어로 빨강의 어원이기도 한 모양이다. 옛날 영화에 나올 법한 대사라 우스꽝스러웠던 걸까. 어린아이가 이해하기엔 너무 이르다고 생각해서 재미있었던 걸까. 결국 그들이 왜 그렇게 웃었는지 미세한 뉘앙스는 알 수 없었다.

그로부터 3년이 흘렀다. All of this doesn't feel ok

라는 문자에, 나는 지난주에 보러 간 「당신 얼굴 앞에서」 이야기를 썼다. 그녀의 답장 또한 빨랐다. 침공 이후 영화를 별로 볼 수가 없었다는 것, 새 작품 촬영을 위해 우크라이나 이곳저곳을 누비느라 바쁘게 지낸다는 것, 운전하는 시간이 길어서 그 사이에 오디오북을 듣고 있다는 것. 막 아렌트의 책을 다 들었다는 것. 이동할 때는 반드시 의약품을 운반한다는 것. 그리고 마지막으로 최근 촬영한 영상의 링크가 도착했다.

영화에는 이상한 힘이 있다. 처음 그녀를 만난 날 술에 취해서 벤치에서 이야기를 나눈 것도 그런 거라고 생각한다. 링크를 타고 간 동영상에는 다양한 광경이 담겨 있었다. 미사일이 빌딩에 닿는 순간. 무덤으로 운구되는 시체. 지하철역으로 피신하는 사람들. 판결을 언도받는 젊은 러시아 병사들. 폭파된 아스팔트 도로. 웅덩이에서 노는 아이들. 불타는 대지. 죽은 타조. 대지에 쓰러져 있는 긴 목을 보며 건너갈 수 없음을 느꼈다. 아무것도 이어져 있지 않다면 도대체 어떻게 해야 할까?

동영상의 마지막에 찍힌 것은 천둥의 모습이었다. 다 보고 잠시 멍하니 있다가 이내 다시 느낀 대로 감상을 썼다. 아렌트가 인용했던 라틴어 속담을 곁들여 보냈다. Inter homines esse.(사람들 사이에 있다.) 다시 멍하니 있으려니 거실에 장식해 놓은 흑해의 조개껍질이 문득 눈에 들어와 나도 모르게 웃고 말았다. 아름다움이란 이 조개껍질에 깃들어 있는 바와 같은 게 아닐까. 자기를 내보내 타자와 연결될 때, 뒤돌아보면 그것은 가득 차 울린다. 오데사를 떠날 때 그녀의 할머니가 내 두 손을 가져가 움켜쥐었다. 그리고 눈을 마주치며 힘주어 말했다. Our home is your home. 고향을 말하는 웃는 얼굴은 언제나 거기에 있는 것만 같다.

번역 안은별

나와 케이타는 많은 코토바(言葉)를 교환한다. 그의 코토바에서, 그가 코토바와 맺는 관계에서 이런저런 것을 배운다.코토바는 일본어 사전에 보면 '말'이나 '언어' 등으로 그 뜻이 나오는데, '낱말'을 가리키기도 하는 동시에 '글'과 같은 것도 가리킨다. 여기에는 딱히 음성적인 것과 쓰여서 고정되는 것 사이의 구분은 없다. 왜 코토바에 잎(葉)이라는 한자가 들어가는지에 대해서는 여러 설이 있다고 한다. 코토의 葉라고 말할 수 있다면, 코토란 무엇인가. 여기서의 코토는 事를 가리킨다. 일본어능력시험적인 방식으로 말하자면 일 혹은 것. 그러나 언젠가 케이타는 내게 코토는 움직이는 것이고, 모노는 멈추어 있는 것이라는 설명을 해 주었다. 나는 그의 코토의 잎이 언제나 움직이기를 바라며, 쉼 없이 내게 놀러오기를 바란다.

by 안은별

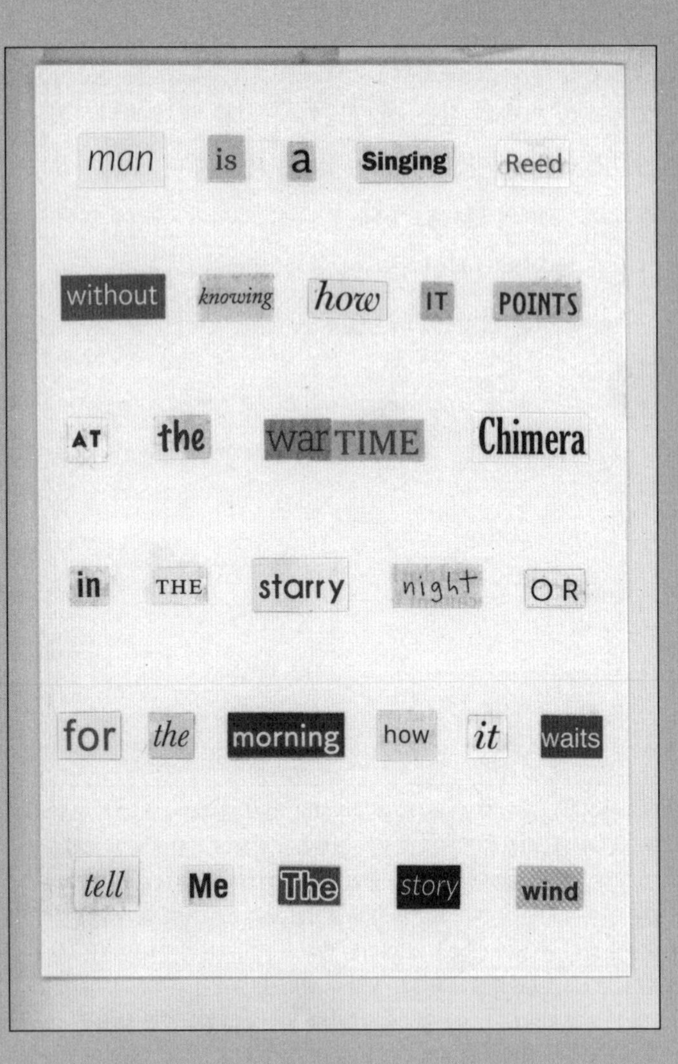

man is a Singing Reed
without knowing how IT POINTS
AT the war TIME Chimera
in THE starry night OR
for the morning how it waits
tell Me The story wind

엔가쿠지 나들이 2

“그녀의 얼굴은 이글이글 불타고 관객석에는 오로지 혼자만의 드라마가 펼쳐지는데 그 덕에 결국 아버지가 만들어 낸 이야기로 걸어 들어가게 된다.”

얼마 뒤 나는 오즈 야스지로의 「만춘」을 보았다. 오프닝 크레디트 후 첫 장면에서 기타가마쿠라 역이 나오고 이후 다과회 장면이 나오는데 엔가쿠지인 게 분명해서 놀랐다.

영화의 중반쯤, 주인공 부녀, 즉 류 치슈가 연기한 소미야 교수와 하라 세쓰코가 연기한 노리코 두 사람이 노(能)[17]를 관람하는 장면이 나왔을 때는 조금 더 놀랐다. 왜냐하면 엔가쿠지에 갔던 다음 날에 나는 K의 누나와 노를 보러 갔기 때문이었다. 이것도 예정과는 다른 전개였다.

[17] 피리와 북소리에 맞추어 노래를 부르며 춤을 추는 일본 가면 악극.

정확히 말하면 원래 관객은 나와 K의 누나가 아니라 나와 K가 될 예정이었다. 그러나 전날, 도쿄로 돌아올 때 (이것도 예상 밖 전개로) 전차가 아닌 자동차를 탔는데 K가 차멀미를 심하게 한 바람에 다음 날까지 회복이 안 되어 그의 누나가 대신 관객으로 오게 된 것이었다.

이제까지 단 두 번 경험했을 뿐이지만 노는 무대만큼 관람석의 긴장감도 엄청난데 「만춘」의 노 관람 장면, 즉 극중극은 단순히 노 무대와 관람석의 대결뿐만이 아니므로 더욱 그렇다. 상처한 아버지는 딸 노리코를 시집보내고자 하는데 딸은 아버지와 단 둘이 사는 지금 이대로가 좋다며 혼담을 거부한다. 이에 아버지는 딸을 움직이게 할 이야기를 궁리하는데 그것은 딸과 아무개를 엮는 것이 아니라 자신과 어떤 사람이 재혼을 한다는 시나리오다. 고모로부터 그 이야기를 들은 노리코의 마음속엔 그야말로 열불이 난다. 그런데 마침 아버지와 노를 보러 갔다가 관람석에서 재혼 이야기가 오간다는 상대방과 마주친 것이다. 아버지와 그 여성이 가볍게 주고받은 눈인사를 알아차린 하라 세쓰코의 얼굴에 뜨거우면서도 차가운 배신감과 분노가 펼쳐진다. 그 옆에서 소미야 교수는 이보다 더 행복할 수 없는 오타쿠의 얼굴을 하고 정신없이 노를 보는 게 정말 웃기다.

결국 노리코는 진다. 고모가 소개해 준 사람을 만나게

되고, 그와의 결혼이 결정된다. 결혼을 앞두고 부녀는 교토 여행을 떠나고, 돌아오기 직전 긴 대화로 서로를 이해하게 되며, 딸은 시집을 가고 아버지는 홀로 남는다는 것이 이 영화의 줄거리다. 그런데 영화를 본 사람은 알고 있겠지만 소미야 교수의 재혼담은 딸을 결혼시키기 위한 '일생일대의 거짓말'이었다. 이 영화는 '부녀의 정'이라기보다 한 사람이 다른 사람에게 극(거짓말)을 관철시키는 이야기로 다가왔다. 노의 관객석에서 일생일대의 연기를 하고 있던 건 노리코 역의 하라 세쓰코 쪽일까 아니면 류 치슈가 연기한 소미야 교수 쪽일까.

검색해 보니 극 중 등장한 노는 '가키쓰바타'라는 레퍼토리로 『이세 이야기』 제 9단의 내용을 바탕으로 한다. 여러 나라를 떠돌던 승려가 미카와국에 도착해 늪가에 핀 제비붓꽃(가키쓰바타)을 귀여워하고 있으려니 어떤 여인이 나타나 이야기를 들려준다. 이 여인은 제비붓꽃의 정령으로, 그가 들려주는 이야기는 『이세 이야기』의 주인공인 아리와라노 나리히라의 사랑의 일대기다. 나리히라는 이곳에서 가, 키, 쓰, 바, 타 다섯 문자를 각 구에 앞에 놓고 여행의 심경을 읊었는데 모든 사람이 울어서 말린 밥도 불게 만들었다는 그 시는 당시의 수도, 즉 교토에 두고 온 아내를 그리워하는 내용이다. 그 아내와는 신분 차로 이루어질 수 없는 사랑이었다고. 영화에서 소미야 교수는 제비붓꽃의 정령이 전해 주는 이세계 혼들의 춤, 이루어질 수 없는 죽은 사람과의 사랑 이야기에 정신없이 빠져 있었던 것이다. 소미야 교수가 이 극을 어떻게, 혹은 어떤 이야기로 즐겼는지는 알 수 없지만 어쨌든 그는 분명 그 세계로 건너가 있었다. 딸은 그 세계로 건너갈 수 없었다. 그녀의 얼굴은 이글이글 불타고 관객석에는 오로지 혼자만의 드라마가 펼쳐지는데 그 덕에 결국 아버지가 만들어 낸 이야기로 걸어 들어가게 된다.

엔카쿠지 나들이에 가기 직전에는 「동경의 황혼」을 봤는데 이것도 그 이야기 속에서 딸을 구해 내고 싶은 영화였다. 여기엔 영화 내내 단 한 번도 웃지 않는 히로인이 나온다. 아리마 이네코가 연기한 아키코는 마지막에 사고를 당하는데, 누워서 기어들어가는 목소리로 "맨 처음부터…… 다시 하고 싶어."라는 대사를 내뱉는다. 물론 영화에서 그녀는 죽는다. 처음으로 돌아가 자신의 이야기를 쓸 기회 따위 얻지 못한다. 정말 고약하다고 생각했다.

불안하기

> “다 미리 알고 있었던 것처럼
> 이게 그런 거지요? 하는 것을 정말로 안 하고 싶다.
> 결론을 내리지 않는다고 했지만
> 내가 내린 결론은 이런 것 같다.”

2018년 이맘때 역사문제연구소에서 진행하는 ‘우먼리브사(史)’ 자료 읽기 세미나에 참석했다. 지금 생각해 보면 그 세미나를 통해 배울 수 있는 것들이 많았을 텐데 왜인지 그때는 소극적이었다. 왜 그랬지? 바보 같은 이야기인데 내가 세미나라는 것이 뭔지 잘 몰랐던 것 같다. 그러니까 각자 읽어 온 것에 의견을 조금 말하기는 하는데 기본적으로는 강의적인 성격이고…… 정도로 생각했는데 세미나는 구성원이 훨씬 적극적으로 부딪치며 나아가는 장이었다. 그런데 나는 기본적으로 아 그림자처럼 조용히 있다가 가야지라고 생각했고 그게 잘못이었다는 것을 뒤늦게 알게 되었다. 문득 생각이 나서 연구소 홈페이지에서 해당 세미나 안내를 찾아보았더니 “단순히 수동적으로 강의를 듣는 게 아니라 함께 텍스트를 읽고 질문하고 논쟁합니다.”라고 되어 있다. 나는 당시 이 설명을 읽으면서도 혼자 좋을 대로 생각한 것인데 아무튼 이런 성향 자체는 잘 바뀌지 않겠지만 요즘은 무엇을 하든 좀 더 적극적으로 부딪쳐야겠다고 생각한다.

적극적으로 참여하지 못했지만 그럼에도 세미나를 통해 인상적인 글을 많이 만나게 되었다. 이후 국내에도 번역, 출간된 다나카 미츠의 글도 그랬고 기본적으로 세계와 자신을 철저히 의심하고자 하는 의지가 넘치는 글들이 많았다. 그러다가도 합숙할 때의 스케치를 보면 누구는 계속 잠만 자고 있고 누구는 노래 부르고 뭔가 즐겁게 왁자지껄한 풍경이 그려지는 글도 중간중간 만날 수 있어 좋았다. 그때 읽었던 여러 글 중에서 한 번씩 떠올라 반복해서 되짚어 보는 글이 있다. 세미나 이후 시간이 지나 원본은 사라져서 기억에 의존해서 되살려 보는 글이라 실제 내용과는 차이가 있을 수 있으나 대략 이런 내용이다.

우먼리브 운동을 위해 모였던 사람들이 강하게 비판했던 것 중 하나는 일본 운동권의 남성중심적

분위기였다. 시위를 가도 회의를 가도 여자들은 자연히 남자를 돕는 분위기가 되고 뒤에서 주먹밥을 만드는 역할이 요구되는 동시에 남성 운동가를 지지해 주는 좋은 여자 친구여야 하는 압력을 비판하는 것이다. 그래서 우먼리브 내 그룹인 '에스이엑스(エス·イーエックス)'에서는 며칠 뒤 열릴 전공투 대회에 가서 이를 비판하는 전단지를 뿌리고 운동권 내 남성중심적 분위기를 규탄하는 성명을 발표하고자 했다. 그 행사는 새로 생긴 문화 공간에서 진행될 예정이었고 일본 최초 멀티스크린이 설치된 곳으로 당시는 무척 획기적인 공간이었다. 중요한 대회였고 에스이엑스 멤버들은 그 중요한 행사를 엉망진창으로 만들고자 하는 의지로 가득했다. 의기양양하게 그 장소로 간 멤버들이 마주한 것은 당시 인기 있던 예능 프로그램이 방영되고 있던 여러 대의 스크린 앞에 신주쿠 인근을 히피처럼 떠돌며 살던 후텐족 10대 여성이 전공투 학생들과 가위바위보를 하며 옷 벗기 게임을 하고 있는 모습이었다. 열일곱쯤 되었을 여성은 너무나 즐거워하며 남학생들과 함께 웃고 떠들며 옷을 하나씩 벗고 있었고 게임을 하는 소리 웃으며 옷을 벗는 소리와 박수 소리 등이 마치 즐거운 소동이 일어나고 있는 것 같은 분위기였다. 에스이엑스 멤버들은 마치 그것이 안 보이는 것처럼 다른 중요한 일을 생각하는 것처럼 행동했지만 당시 그 장소의 분위기는

완전히 옷 벗기 게임에 쏠려 있었고 멤버들은 계획했던 전단지를 돌리거나 발표를 하는 일을 하기는 했으나 예상했던 것과 완전히 다른 흐름 속에서 해야 했다. 내가 읽었던 글은 행사 뒤 그날의 일을 반성하며 쓴 글이었다. 글을 쓴 에스이엑스 멤버는 그 상황에서 자신이 너무도 무력했던 것을 반성한 것인데 나는 그 비슷한 상황에 있어 본 적도 없으면서 그 상황에서 느꼈을 여러 감정들이 너무나 잘 이해가 되었다. 나 역시 웃으면서 반쯤 벗고 있는 나보다 어린 여자와 눈을 마주칠 수 없을 것이다. 내가 못 보는 것이 아니라 나는 지금 다른 일을 하고 있고 내가 지금 생각해야 할 게 있어라고 말을 하며 옆에 있는 친구에게 뭔가 중요해 보이는 이야기를 물어볼 것 같다. 어떨 때는 야 다 그만둬라고 말하며 그 앞을 가로막고 설 수도 있을 것 같다. 사실 그 상황에서 어떻게 해야 하는지는 아직도 잘 모르겠다. 줄곧 시선의 대상이 되는 자신을 의식하고 성찰하는 글을 썼지만 자신이 다른 여성을 봐야 하는 상황은 상상해 본 적이 없었을 것이다. 그렇다면 그 여성을 보호해야 할까? 그 사람은 이 상황을 재미있어 하는 것으로 보이고 이 상황을 시시하게 만드는 이상한 이야기를 하는 나이 든 여자들을 우스워한다. 어쩐지 너희는 완전히 졌어라고 말하고 있는 것 같고 어쨌거나 어떤 의미에서건 스스로가 너무 무력했기 때문에 에스이엑스 멤버들은 완전히 진 것 같다고 느낀다. 동시에 이것을 철저히 되짚어야 한다고도 느낀다.

한국에 소설이 여러 편 번역된 나카지마 라모의 책 중에 『아마니타 판세리나』라는 약물 체험담이 있다. 약물 체험담이라고 하면 마리화나 LSD 헤로인……으로 진행될 것 같지만 수면제로 시작해 기침약 항우울제 같은 것을 중심으로 다루고 있다. 그 외 불법적인 약도 다루고는 있지만 첫 챕터인 수면제 중독으로 사람이 어떻게 변하는지 어떻게 완전히 저쪽으로 넘어가서 다시 돌아오지 못하는지에 관한 부분이 강렬해서 불법적인 약과 아닌 약의 구분이 다소 희미하게 느껴질 정도이다. 물론 70년대 라모가 손쉽게 구하던 수면제와 현재 우리가 정신과에서 처방받는 수면제는 아주 많이 다를 것이다. 아무튼 기본적으로 심각한 알코올 중독에 그때그때 길에서 만나는 사람들과 이것저것을 함께했고 많을 때는 수십 명씩 한집에 같이 살기도 했고 (부인과 아이 둘도 함께) 사람이 한집에 너무 많이 살아서 변기가 넘치기도 하고 처음 보는 외국인이 라모라는 사람네 가면 재밌다던데라며 찾아오기도 했다던 시절이었다. 이 시기를 가장 가까이서 오래 보냈던 사람은 당시 펑크 뮤지션이던 카도타니 미치오이다. 라모는 어느 날 스키조/파라노 이론으로 유명한 사상가인 아사다 아키라와 대담이 있었고 대담이 끝나고 카도와 공연을 보기로 약속했기 때문에 대담 장소에서 카도는 라모의 일이 끝나기를 기다리고 있었다. 지금 책이 있어서 간단히 내용을 옮겨 보면 그때의 상황은 이렇다.

> 카도군은 대담 중 찻집 안에서 기다리고 있었지만 차츰 짜증을 내기 시작했다. 이야기 중 '스키조프레니아(schizophrenia)' '파라노이아(paranoia)' 같은 정신병리학 용어가 자꾸 나왔기 때문이다. 말해 두자면 카도군의 본업은 분열증이다. 참을 수 없는 것도 무리는 아니다. 결국 그는 일어나 외쳤다.
> — 의사와 군대가 나쁜 거라고!
> 아사다 씨는 놀란 표정으로 카도군을 보고
> — 그렇네요.
> 라고 말했다.
>
> 드럭에 관해 제정신으로 쓰는 것은 살고 죽는 것에 관해 말하는 것과 같다. 단지 의사나 학자에게 말할 자격이 없는 것처럼 살아남아 버린 쪽도 진상은 알 수 없는 것이다.[18]

어째서 이 장면도 가만히 있다가 가끔 떠올라 그

[18] 나카지마 라모, 『아마니타 판세리나(アマニタ·パンセリナ)』(슈에이샤, 1999), 41~42쪽.

상황을 자꾸만 그려 보게 되는 것일까. 스키조 스키조 말하는 아사다 아키라 옆에서 화를 참을 수 없는 진짜 스키조 카도군을 자꾸만 그려 보게 된다. 그때는 내가 그 장소에 있는 누구에게도 이입을 하게 되지는 않지만 내가 종종 그러고 있다는 생각이 안 드는 것도 아니다. 스키조 앞에서 스키조 스키조 말하는 것을 하고 있는 것 같고 그런 가능성을 상상도 못한 채 반복하고 있는 것 같다. 어떨 때는 화를 참지 못하고 일어나서 소리 지르는 카도 같은 사람이 되기도 하지만 대개의 경우는 찻집의 커피잔 정도의 위치가 돼서 그 공기를 되짚어 보는 일을 하게 된다. 그러다가도 역시 스키조 스키조 하고 있다는 생각으로 다시 돌아가게 된다.

내가 반복해서 떠올려 보는 장면들에서 어떤 결론을 내리려는 것은 아니다. 지금 드는 생각은 스키조 앞에서 스키조 스키조 말하고 있는 것을 내가 계속해야 한다는 것이고 내가 그러는 동안 거기서 무슨 일이 벌어지면 그것을 그대로 봐야 한다는 것이다. 아사다 아키라는 뛰어난 사람이고 나는 아사다 아키라도 아니지만 이 상황에서 왠지 부끄러움을 느끼는 동시에 내가 이것을 피할 수가 없다는 생각이 든다. 그러니까 이 모든 것을 피할 수 없고 누가 자리에서 일어나 외치면 아니 그런 게 아니라……

할 수 없다. 나는 그런 게 싫다. 그러니까 뭐라 말해야 할지 모르겠지만 부끄러워하기 불안하기 물어보기를 적극적으로 해야 한다. 다 미리 알고 있었던 것처럼 이게 그런 거지요? 하는 것을 정말로 안 하고 싶다. 결론을 내리지 않는다고 했지만 내가 내린 결론은 이런 것 같다.

라모는 그 책을 카도에게 바친다고 했는데 카도는 1990년 서른 살이 넘어 약물과용이 원인으로 보이는 췌장염 발병으로 죽었다. 그래서 바친다고 하지만 라모는 이 책은 카도가 읽을 수 없다고 쓴다. 유튜브에서 '角谷美知夫'로 검색하면 이 사람 음악이 나오는데 펑크 음악인데 사이키델릭하고 신기하고 무척 좋다.

친구의 일기

김연재

경주 커피플레이스에서
바리스타로 일하며
드립백 소설, 그림책,
일기/일지를 만들었다.

나도 좋고 너도 좋은 일

2022년 8월 3일

오늘 이곳의 날씨는 너무너무 덥고 너무너무 습함. 밖은 덥고 습한데 일하는 곳은 에어컨 바람에 추워서 머리가 아팠다. 커피는 원두량을 늘려도 산미가 튀면서 단맛까지 안 나오는 날. 여름철 더운 날씨의 물 컨디션. 아침 세팅할 때 내려 본 케냐 구아마는 그런 맛이었다. 혼자 속으로 생각할 때는 짜릿한 맛?

출근하고는 어제 가게로 도착한 책 네 권을 정리했다.

점심은 집에서 삶은 계란 두 개랑 D님이 나눠 준 도시락 조금. 휴가철 경주는 어디나 사람이 많고 일하는 곳도 하루 종일 바빴다. 관광객이 많았지만 매일 보는 분들과는 그사이에 인사했고. 집에서 내려 마시는 원두를 사 가는 분들도 유난히 많았던 것 같다. 항상 매장에서 커피를 드시는 손님이 어느 날 갑자기 원두를 살 때는 꼭 물어보게 된다. 집에서 드시는 거예요? 네 집에서 내려 마셔요. 손으로 원두를 갈아야 해서 힘들어요. (손으로 핸드밀을 돌리는 모습을 보여 준다.) 그쵸 저도 그러다가 전동 그라인더 샀어요.

함께 자는 사람이 있으면 눈을 뜨자마자 꿈 얘기를 할 수 있어서 좋다는 생각도 했다. 「드라이브 마이 카」에서 오토가 중얼대는 장면은 지금 생각났다. 새벽에 중얼대면 아침에 정리하며 또박또박 알려 주는 가후쿠.

내 꿈 내용은 전반적으로는 별 게 아니었지만 신경이 쓰이는 일이기도 해서 조금 무서웠지만 같이 일어난 사람은 신경 쓰지 말라고 했다. 그런 말이 좋았다. 아침에 내가 무슨 꿈을 꿨지? 물어보면 이런 이야기를 했어, 하고 답해 주고. 다시 함께 잠들고.

2022년 8월 4일

저녁 메뉴: 마파두부

양파, 버섯, 두부를 순서대로 넣고 볶다가 두반장 한 스푼과 다진 마늘 작은 한 스푼을 넣고 간을 한다. 후추랑 청양고추를 적당히 조금 넣고 같이 볶는다. 밥이랑 상추쌈을 해 먹으면 정말 맛있음. 나는 먹다 남은 화이트 와인이랑 먹었다. 다 필요 없고 오늘은 마파두부가 정말 맛있었다.

끝.

2022년 8월 9일

손님을 응대하는 것, 호스피탈리티? 아무튼 가장 중요한 건 처음 한마디를 건네는 것이다. 조금 더 신경 써서 다른 사람을 본다는 건 무조건 친절한 서비스와는 많이 다름을 느낀다. 일을 시작하고 처음 한두 달은 하루에 여섯 시간 정도, 수십 명의 사람을 응대하며 비슷한 농도의 친절함을 유지하는 게 어려웠고 사실 지금도 어려운데, 그건 커피 맛을 일정한 수준으로 유지하는 것과 비슷하게 중요한 요소라고 생각하게 되었다.

웃으면서 이 공간에서 나갈 수 있도록 하는 것. 일을 하면서 엄청 많은 사람과 말을 했고 결국 포스기 맞은편에서 있는 사람을 보기. 이게 핵심이라 생각했다. 오늘도 그랬고.

아무튼 조금 더 신경 써서 사람을 본다는 건 엄청

피곤한 일이지만 나도 좋고 너도 좋은 일 같다.

이건 네 달 전에 쓴 일기에서 가져온 말이다.

2022년 8월 18일

오늘이 다 지나면 일기를 못 쓰니까 잠이 와도 조금 쓴다. 출근길에는 큰 흰 개와 목줄을 잡고 있는 여자를 봤다. 퇴근길에 들린 보틀샵에서는 오늘 우리 가게에서 커피 세 잔을 마신 분이 앉아 있었고, 맥주를 사고 마트에 가는 길에 본 남자는 마트에서 나와 집으로 가는 길에 또 마주쳤다. 그런데 그 남자는 처음 봤을 때와 거의 같은 자세와 보폭으로 걷고 있어서 순간 이게 뭐지 싶었고 신기해서 그 남자에게 말해 주고도 싶었지만 나는 자전거를 타고 있어서 그 옆을 지나갈 수밖에 없었다.

하루 종일 에어컨 바람에 머리가 아파서 어질한 정신이었고 출근하기 전까지 계속 본 드라마는 게임 같아서 나는 1인칭 자전거 타는 플레이어고 나머지는 다 NPC처럼 보였달까.

아무튼 그랬다.

2022년 8월 21일

휴가 마지막 날.

입추가 지났었나? 계절이 변하는 걸 커피로 느낌.

원두량이 16그램에서 15.8그램으로 줄어든 마감 보고를
읽고 음 점점 겨울 물로 바뀌는구나 생각함.

대전의 삼요소라는 서점에서 정연, 지돈 씨와 함께 소설을 이어 쓰는 행사를 한 적이 있다. 그때 참석한 연재님은 평온하고 차분한 표정으로 이상한 문장을 뱉고 있었고 나는 조용히 훔쳐보며 이 사람이 어떤 사람인지 궁금하다고 생각했다. 지난 월요일 경주에서 연재님을 만나 커피를 마시고 이야기를 하고 연재님이 가져온 돗자리를 깔고 릉 앞에 나란히 누워서 이야기를 하였다.
나는 「믿음의 개는 시간을 저버리지 않으며」를 낭독하고는 연재님께 친구가 가져온 도블라토프의 『여행가방』을 낭독해 달라고 부탁했다. 연재님의 낭독을 들으며 이전에 읽은 소설인데 완전히 처음 듣는 것 같다고 생각하다가 어느 순간 잠들어 버렸다. 다음에 연재님을 만나 또 뭔가를 건네며 읽어 달라고 하면 연재님은 뭐라고 말할까? 또 잠들 거잖아요!라고 할까 아니면 좋아요!라고 할까? 아니면…… 아니면? 또 뭔가 이상한 말을 뱉을까? 나는 종종 그게 궁금해.

by 박솔뫼

베를린의 이상우

달리기할 때 듣는

"파티에 들렀다 한밤중에 트램을 타고
집으로 돌아오며 프리츠 분덜리히를 들었을 때,
나는 존나 내가 무슨 마차에 타고 있는 줄 알았다."

처음에는 Playboi Carti나 Perturbator, Bladee, Cities Aviv, Machine girl 같은 것들을 넣었다. 자정쯤에 목적지 없이 동네 여기저기 한 시간 정도 걸어 다니다 너무 어둡고 너무 추워 집 앞 공터를 한 번 뛰어 본 게 시작이었고, 그날 직선상 1.5킬로미터 정도의 거리를 어찌 저찌 뛰어 내고서, 다음 날부터는 마우어파크에서 뛰었다. 초반에는 역시 앞서 말한 음악들을 들으면서 뛰었고 내 주위에는, 기나긴 팬데믹에 의해 결국 폭주해 버린 10대들이 떼로 몰려다니며 마약 축제를 벌이고 있으니 달리는 풍경과도 잘 맞았다. 너무 추웠기 때문에, 또 처음이었기 때문에 무거운 패딩을 껴입고서 항상 밤 11시쯤에 나가서 뛰었던 것 같다. 술병이 깨지는 소리와 웃음소리, 괴성들이 음악을 뚫고 들려오고 벤치에서 풀밭에서 화장실에서 탁구대에서 그네에서 미끄럼틀에서 맥주병을 든 이들이 피우는 대마 냄새가 공원을 달리는 30분 내내 코와 입안으로 밀려 들어왔다. 이미 자정임에도 바비큐 파티의 연기가 가득해 눈 따가울 때 많았고 방탄조끼 가슴팍에 두 손을 찔러 넣고 공원을 어슬렁거리는 경찰들이 딜러들과 농담을 주고받고 있었다. 한 번은 풀밭에서 드렁큰타이거의 음악을 틀어 놓고 랩을 하는 한국인들이 있었는데 차마 쳐다보지는 않았고 뛰고 집으로 걸어오는 중에 혼자 뒤늦게 웃었던 것 같다.

앞의 음악들은 분명 달리기 할 때 힘을 주지만 오히려 지루해져 금세 플레이리스트를 바꿨다. 이다음에는 아마 색채감이 뚜렷한 음악들. Jimsaku, Sky H1, George Clanton, Utopia, Zopelar, Sam rivers. 이유는 알 수 없이 10대들은 점점 줄어들고 10대들이 줄어들든지 말든지 공원 이곳저곳에서는 여전히 대마 냄새가 났다. 혼자 하는 말이 있고 혼자 생각하는 말이 있고 그 중간에 혼자 내뱉지는 않았지만 생각보다는 말에 가까운, 혼잣말 직전의 말이 있는데 뛰면서 가장 많이 하는 혼잣말 직전의 말은 I don’t know이다. I don't know, I don't know. I don't know. I really don't know, I don't know anything. Fuck you. Fuck off. Please Fuck you. 여기서 you는 아마 내 미래일 것이다.

한 달이 지나고서 11킬로미터를 한번 뛰어 보고 난 뒤에는, 달리기가 익숙해져서 교향곡을 들었다. 당연한 이야기겠지만 유럽에서 '이동 중'에 가장 듣기 좋은 음악은 클래식이다. 가장 좋다기보다 주위와 음악의 일체감이 징그럽게 잘 맞아서 아무리 뻔하다 해도 당해 낼 수가 없다. 이를테면 내가 처음 베를린에 왔을 때, 파티에 들렀다 한밤중에 트램을 타고 집으로 돌아오며 프리츠 분덜리히를 들었을 때, 나는 존나 내가 무슨 마차에 타고 있는 줄 알았다.

요새는 그날그날 새로 나온 앨범들을 듣는다. 보통 30분이면 앨범 한 바퀴를 돌릴 수 있고, 30분이 지나도 앨범이 끝나지 않을 경우 더 듣고 싶어지면 더 뛴다. 이미 한 바퀴 돌렸지만 다시 또 듣고 싶을 때도 더 뛴다. 그런 경우는 거의 없었지만 최근에 그랬던 경험은 Count bass D의 「Edibless 2」.

그래서 무슨 이야기를 하고 싶은 건지, 원래는 여기쯤에서 내가 왜 달리기를 하는지 이야기하려고 했는데 당장 할 이야기는 아닌 것 같다. 러시아가 우크라이나를 침공했고 많은 말들이 사라진다. 베를린에 사는 사람들이라면 누구든 한 번쯤은 우크라이나 사람을 만나 봤을 것이다. 나도 이름은 기억이 안 나지만 얼굴은 또렷이 기억나는 여기서 만난 우크라이나 친구 몇 명이 있다. 한 명은 암벽 타기를 좋아하는 대학생이었고 두 명은 IT 업계에서 일하는 부부였다. 목소리와 억양과 웃는 얼굴과 당황한 얼굴과 말이 없을 때의 얼굴들을 떠올릴 수 있다. 학원이 끝나고 집에 가는 뒷모습과 그렇게 다시 혼자 외국인이 된 이들의 분위기도. 그들이, 그들의 가족과 고향이 안전하길 바란다. 우선 할 수 있는 말은 이뿐인 것 같다. 이 글이 책이 되어 나올 때에는 이 침략이 끝나 있길 바란다.

친구의 일기

송 곳

사진가. 두 번의 개인전 「Abstand halten」(2020), 「우리가 함께 나누어 먹은」(2022)을 마쳤다.

서산삼 관찰 일기

요즘 집에 개가 한 마리 살고 있다. 인삼 뿌리와 닮은 털을 가져서 인삼이 될 뻔하다가 이왕이면 좀 더 좋은 삼으로, 산삼이 된 서산삼. 어울리는 성을 찾다가 붙인 '서'까지 이름에 산이 세 개 있는 ㅅㅅㅅ, 2021년 8월 10일에 태어나 얼마 전 한 살이 된 코가 새카만 개. 임시 보호 5개월 차.

아침 산책에서 덜 익은 모과를 주웠다. 아파트 뒤편 계단으로 내려가 오른쪽으로 돌면 시작되는 산삼이의 산책 코스에는 크고 오래된 나무와 풀, 흙과 이끼가 뒤섞인

화단이 넓게 이어져 있다. 탐지견에 가까운 수준으로 바닥을 훑는 산삼이를 따라다니다 보면 바람에 떨어진 열매들을 자주 찾게 된다. 아직 덜 여물어 향도 나지 않지만 반듯한 잎이 달린 연두색 모과를 주워 들고 용무가 급한 산삼이를 쫓았다. 많은 나무들 사이에 몇 그루의 과실 나무가 섞여 있다는 걸 알게 되는 산책. 산삼이가 처음 왔을 쯤에는 살구랑 매실이 자주 보였는데 요즘은 대추와 덜 익은 모과, 감, 호두 열매 껍데기가 그렇다. 어쩌다 가끔 호두를 발견할 때도 있지만 호두나무 아래를 서성이는 사람들이 부쩍 눈에 띄는 걸 보면 그저 그런 우연으로는 호두를 구경하기 어려울 것 같다. 비가 내리고 난 다음 날에는 이끼가 유난히 짙은 초록을 띤다. 산삼이는 평소보다 더 충실하게 냄새를 맡으며 자주 멈춰 선다. 비바람이 심한 밤을 지나고 나면 부러진 나뭇가지들이 잔뜩 떨어져 있어 그중 하나를 주워 들고 집으로 돌아오기도 했다. 베를린에서 마주친 수많은 개 중에 나무토막이나 장난감을 물고 걷는 개들을 볼 때면 유독 마음이 설렜는데 산삼이는 냄새를 맡느라 바쁘고 뭔가를 주워 오는 쪽은 내가 되었네. 출근 시간이 지나 고요한 단지 안을 걸으며 풀밭 위에 죽순처럼 모여 있는 비둘기들의 평화를 깨트리는 산삼과 테니스장 옆에 떨어진 테니스공을 굴려 가며 고양이처럼 움직이는 산삼을 본다. 느리게 걸을 때면 발걸음과 함께 들썩이는 귀와 꼬리에서도 그 기분을 알 것 같다.

이렇게 뛰노는 걸 좋아하는데 태어나 여태껏 자기 몸만 한 뜬장에 갇혀 무슨 생각을 하고 지냈을까, 그런 건 매번 크게 궁금해도 영영 모른다는 것만 알아 조금 분한 기분이 든다. 생각해 보면 우리들이 처음 만난 날의 산삼은 걷고 뛰는 것에는 크게 관심이 없어 보였지. 그보다는 세상 모든 냄새가 처음이라는 듯 바닥에 코를 박고 다니느라 앞은 제대로 보지도 않고, 마치 스캐너나 청소기라도 된 것처럼. 킁킁대는 소리가 들릴 정도로. 그중에서도 눈에 보이는 나무와 가로등은 전부 짚고 넘어가야 직성이 풀렸는데 동네 개들의 흔적을 찾느라 그랬던 건지도 모르겠다. 하도 얼굴을 들이밀고 냄새를 맡는 통에 산책을 다녀오면 산삼이 얼굴에서 개 오줌 냄새가 날 지경이었다. 막상 실물의 친구를 마주한 산삼이는 높은 확률로 도망치고 싶어 하기 때문에 산삼을 대신해 개들에게 인사를 전하는 일이 종종 있다. 산책하며 만난 이웃 개들의 이름, 나이, 성격, 사연 알게 되고 어느 동 앞 화단에 어떤 나무가 서 있는지 알게 되는 낮의 일과. 몇 달 새 동네에 아는 개가 많이 생겼다.

처음 집에 온 날 선 채로 졸던 산삼이가 아무 곳에나 툭툭 누워 잘 자는 모습을 보는 게 좋다. 계단을 오르내리는 법을 배우고, 엘리베이터의 두려움을 극복하고, 몇 가지 사람의 언어를 이해하고, 테이블 밑으로 도망가는 것까지 깨우치는 모습을 지켜볼 수 있어서 좋았다. 산삼이는 베란다 창문 밖을 내려다보는 것과 선풍기 바람 쐬는 것을 즐기고, 모든 종류의 공, 그중에서도 탄성이 있고 소리가 나는 공놀이와 끈 뜯기, 휴지심 조각내기를 좋아한다. 풀밭에 가면 노루처럼 뛰고, 앞발을 지나치게 잘 쓸 때의 몸짓이 고양이 같은 데다가 가끔씩 어설프게 식빵을 굽고 있는 점이 미스테리하다. 사자를 닮은 어깨와 걸음걸이가 멋지고 다리를 꼬고 앉는 버릇이 생겼다. 빨래 터는 것과 사람에게 안기는 걸 싫어하고 자동차 타는 건 대단히 싫어한다. 아침 출근 준비를 하는 운하가 씻으러 들어가면 제 이불에서 일어나 욕실 매트 위로 자리를 옮겨 가는데 문을 등지고 있는 모습이 꼭 욕실을 지키는 기사 같다. 그 임무를 방해하고 싶지 않기에 매트를 쓰지 못한 채 젖은 발로 나와야 하는 것이 사소한 단점. 언젠가부터는 외출하고 돌아온 우리를 크게 반기기 시작했다. 자다 일어나 찌그러진 얼굴을 안전문 사이에 끼우고서 꼬리를 흔들거나 몸을 공처럼 말아 뛰어다니는 방식으로.

베를린 생활을 정리하던 시절의 어느 날이 떠올라 한참 쓰고 지우기를 반복하다가, 머릿속에 온통 서산삼뿐이라는 것을 깨닫고 단숨에 이만큼 썼다. 마음이 벅차올라 옆에 있는 서산삼을 슬쩍 안아 보려 했지만 몸부림치는 산삼의

발에 쎄게 맞고 서운해졌다. 쎄게 맞고 으억 잠깐 기절한 척을 해 보았는데 전혀 신경 쓰지 않고 닿지 않는 곳으로 가 퍽 엎드리는 소리를 들으니 보는 이 없음에도 민망해졌다. 서운한 이 마음 산삼이는 모르니까 괜찮다.

아무튼 베를린에 있는 동안 수십 수백 번 쯤 그리던 미래는 언젠가 우리들과 함께 살게 될 개에 관한 것이었다.

송곳과 운하가 베를린을 떠나기 전날에 우리는 프랜츨라우어의 술집에 앉아 있었다. 한밤중이라 창밖이 캄캄했고 테이블 위에는 촛불 몇 개가 켜져 있었다. 담배를 말아 피면서 우리는 베를린과 한국에 대해 이야기했다. 이제 그들이 살던 도시는 과거가 되고 그들의 고향은 미래가 될 것이었다. 그들은 떠나기 몇 달 전부터 월정액교통권을 끊어 베를린을 실컷 돌아다니고 미술관과 박물관에 딸린 아름다운 카페에 하염없이 앉아 있기도 했다. 좋은 친구들의 선물로 파인다이닝에 가 식사도 하고 시칠리아와 베를린 근교의 오두막에 여행을 다녀오기도 했다. 우리의 맞은편에 앉아서 송곳과 운하는 그런 이야기들을 했다. 잔잔하고 부드러워서 그들이 가장 사랑했던 샤를로텐부르크의 공원과 닮은 표정으로.

by 이상우

서울의 박솔뫼

빵 만들기

"과정을 머리에 넣고
해 보면 된다."

오늘도 미숫가루로 빵을 만들었다. 계란 네 개를 잘 섞어 준 뒤 설탕 50그램 미숫가루 100그램 두유 50밀리리터 소금 약간 오일 한 숟갈 베이킹 파우더 약간을 함께 섞어 준 뒤 오일을 발라 둔 밥솥에 넣고 모듬찜 모드로 45분을 돌리면 된다. 사실 흰자 노른자를 구분해서 흰자는 머랭을 치고 그 뒤에 노른자를 섞거나 미숫가루를 체에 치면 더 맛있다고 하는데 나는 늘 그걸 잊어버리고 그 과정을 빠뜨리고 해서 잘 모르겠다. 미숫가루 용량도 저게 맞았나? 더 적었던 것 같기도 하고. 여기에 나는 유기농 카카오 파우더가 있어서 그걸 넣고 위에 오트밀을 뿌려 준다. 그러면 연하게 초콜릿 향이 나고 오트밀을 씹을 수 있어서 좋다. 실제로 해 먹을 사람은 네이버에 미숫가루 빵 만들기를 한번 검색해 본 후 과정을 머리에 넣고 해 보면 된다. 아마 어떻게 하든 비슷하게 나올 것이라고 생각한다. 쿠쿠의 모듬찜 기능은 뭐든 대충 그럴싸하게 만들어 주기 때문이다. 이렇게 만들어진 빵은 심심하고 두툼한 핫케이크와 비슷한 맛인데 나는 이것을 4등분해서 한 조각을 사과 반 개와 아침으로 먹는다. 그러면 아침이 즐겁다. 아주 잠깐.

세키와 나

"나는 세키에게 '언제나 도서관 같은 자리에 있지만 늘 도망가는 중인 세키 군'이라는 별명을 멋대로 붙여 둔 적이 있다."

세키는 학교에서 유명한 괴짜다. Y교수의 세미나에 처음으로 참가했을 때 가끔 우비 같은 것을 걸치고 슬리퍼를 질질 끌고 나타나 남의 발표에 대해 무척 긴 코멘트를 하는 박사과정생이었다. 그야말로 박람강기, 청산유수의 그 코멘트 쇼가 끝나면 Y교수는 "세키 군은 천재"라고 치켜세웠다. 다만 그는 한 번도 자신의 연구 발표는 하지 않았다. 시간이 흘러 세키의 박사과정 연차가 쌓이고 그에 걸맞는 해야 할 일, 즉 자기 연구와 그 결과

발표를 하지 않자 교수는 그를 칭찬하는 것을 그만두었고 늘 재주 좋게 요리조리 도망 다니는 그에게 이번이 마지막 기회라며 노하기 시작했다. 그사이 나는 박사과정에 진학해 이 세계에서 적절하다고 여겨지는 할 일이나 행동이 무엇인지 파악하게 되었는데, 그러면서 세키의 느긋한 거동이 이 세계에서 무척 '걱정스럽게' 여겨진다는 것을 알게 되었다.

그는 날씨가 좋거나 나쁘거나 주말이거나 연휴이거나 도서관 늘 같은 자리에 앉아 양옆으로 그야말로 책의 산을 쌓아 놓고 하루 종일 파묻혀 읽고 있었는데 아무것도 쓰거나 발표하지는 않았다. 가끔 정수기를 이용하러 혹은 도서관이 문을 닫으면 학과의 공용 공간에 내려와서는 여러 사람에게 말을 걸었으며, 주로 그 사람의 연구에 대해서 이런 걸 읽으면 도움이 될 거고 저런 거랑도 연결이 될 것 같다며 끊임없이 떠드는 모습을 볼 수 있었다. 나 역시 그의 타깃이 되곤 했는데 처음에는 이리저리 튀는 대화가 즐거웠지만 점점 더 '네 거나 잘 해.'라는 생각이 들기 시작했다. (여기서 적어 두지만 대학원생들은 남한테 문헌 추천하는 걸 금욕해야 한다. 당신이 붙잡고 뭔가를 추천하는 그 사람은, 자기 참고문헌 리스트에 쓴 그 책조차 아직 다 읽지 못했다!) 어쨌든 그는 늘 도서관 같은 자리에 있었고 나는 가끔 일부러는 아니고 늘 가는 서가의 근처이기 때문에 겸사겸사

버릇처럼 그의 기운 뒷모습을 보며 안부를 확인했다. 그가 이 자리에서 사라지는 때는 고향인 센다이로 잠깐 돌아가 있을 때밖에 없다는 것은 주변의 모두가 알았다.

그러나 아마도 더 이상 휴학계를 쓰거나 박사 연한을 연장할 수 없는 지경에 이르자 그는 세미나에 나오기 시작했고, 심지어 본인의 연구 발표도 하기 시작했다. 최근에 그가 박사논문 구상과 쓰고 있는 논문 일부를 발표했다. 독일어권과 영어권의 최신 미디어 이론에 관한 것이었는데 이 친구는 정말로 빠짐없이 또 즐기면서 잔뜩 독서를 했구나 하는 생각이 들었지만, 질문이 빠져 있었다. 많은 학자들의 이름과 논의가 나오고 발표를 듣는 우리는 그 공간으로 이끌려 갔지만 한참을 걷다 보니 어디에 서 있는지 알 수 없었다. 그래서 나도 '와, 요즘은 이런 얘기들도 있구나. 아, 저 책은 한국어로도 번역되어 읽은 적 있지.' 하고 말아 버리게 되었다. 이날 그는 발표 사이사이, 지도교수가 예전에 쓴 저작의 시간관에 대한 질문을 던진다거나, 최근에 무슨무슨 스터디즈를 팠는데 네 연구와 관련 있는 문헌이 발견되었다며 나나 다른 동료에게 또 문헌 추천을 하려고 했다. 솔직히 말해 발표보다는 이쪽이 더 즐거워 보였다. 그 여전함에 웃어 버렸다.

최근에는 국회도서관의 신문자료실을 열심히

드나들었다. 디지털화되지 않은 지방지나 업계지의 특정 기간 내 발행분을 모두 열람해 눈으로 훑으며 필요한 기사를 골라내고 메모하거나 복사하는 데는 번거로운 절차와 동작이 수반된다. 이런 기본적인 동작들을 반복하며 그러나 결코 다른 사람들과 겹치지 않을 특정한 방식으로 특정한 문서들을 쫓아다니다 보면, 세상에 이런 춤을 추는 건 나밖에 없을 거야 하는 일종의 취기가 올라온다. 게다가 과거에 작성된 문서들은 대개 그 자체로 낯선 매력과 이국적 정취를 띠며, 중요한 목소리가 갇혀 있고 나는 그걸 적절한 형식으로 퍼 올리기만 하면 될 것 같다는 착각도 든다. 그러나 막상 그것들을 모아 조용히 들여다보고 있으면 아무것도 떠올라 주지 않는다. 다채로웠던 것들이 채집통에서 죽은 듯 꿈쩍도 하지 않고 있다.

아를레트 파르주는 『아카이브 취향』에서, 18세기 형사사건 관련 필사 문서들의 막막할 정도로 방대한 아카이브 속에서 배회할 때 빠지곤 했던 유혹이자 어려움에 대해 이렇게 썼다. “아카이브 전체를 그냥 무질서하게 아무 목적 없이 읽어 나가면서 경이를 느끼고 싶은 마음”.[19] 여기서 함정은 아카이브에 매료된다는 것 자체라기보다 아카이브에게 질문하는 법을 모르게 되어 버리는 것이다. 파르주는 이어서 아카이브에 도사린 우리가 결코 피할 수 없는 유혹 혹은 함정에 대해서 이야기해 나가는데 내가

[19] 아를레트 파르주 저, 김정아 옮김, 『아카이브 취향』(문학과지성사, 2020), 89쪽.

보기에 그건 크게 두 가지로 나뉜다. 하나는 앞서 말한 것처럼 그냥 빠져들어 결국 아무 질문도 던지지 않는 것, 혹은 자료에 아무것도 덧붙이지 않은 채 '여기 있어. 이게 모든 걸 말하고 있어.'라고 내밀기만 하고 싶은 마음이다. (역사가는 손가락으로 가리키거나 자료에 주석을 달기만 함.) 파르주가 경고하는 또 다른 유혹이자 함정은 반대다. 미리 정해 놓은 가설, 미리 들고 간 지도, 미리 만들고 싶어 하는 드라마에 자료를 끼워 맞추기만 하는 것이다. (역사가는 드라마에 과거의 말들을 제 입맛대로 끼워 맞춤.)

과거로부터 떠내려온 자료 뭉치들이 그것을 다루고자 하는 역사가와 만났을 때 발생하는 이런 피할 수 없는 위험은 구술조사를 방법론으로 삼는 사회학자가 현장에서 마주치는 문제와 무척 유사하다는 점을 기시 마사히코가 알려 준다. 자료 뭉치를 손으로 만지고 읽어 내리는 지루한 작업을 일컬어 파르주는 '껍질 벗기기'라 이름 붙였는데, 기시의 책 『망고와 수류탄』에는 '인용부 벗기기'라는 제목의 인상적인 글이 실려 있다. 많은 사회학자들은 사회문제의 당사자인 사람들을 찾아가 그들의 이야기를 듣는다. 그러나 ○○로서 받은 차별을 얘기해 주어야 할 그 당사자가 이렇게 말한다. "전 ○○라서 차별받은 적 없는데요." 이 말 앞에서, 한 사회학자는 다소 폭력적으로 구술자의 구술을 부정하고('피차별자는 어찌나 차별을 받았는지 자기가 차별을 받았다는 사실조차 모른다!') 사회문제의 문제성을 이론 안에 유지하는 길을 골랐다. 또 다른 사회학자는 구술자의 합리성을 존중해 그는 정말 차별받은 적이 없다고 기술했다. 기시는 문제가 있는 두 해석 중 그래도 후자가 구술자에 대해 성실했다고 보지만 그럴 경우 사회학자가 개입해야 할 그 사회문제는 존재하지 않는 것이 되어 버린다. 이처럼 구술과 행위라는 생생하게 살아 움직이는 '자료'는 어떻게 해석하더라도 커다란 모순을 낳고, 이 때문에 사회학이나 인류학의 민속지에서는 자료를 해석하는 것 자체를 비판하는 조류가 있었다.

기시는 사쿠라이 아츠시라는 사회학자의 논의를 소개하는데, 시쿠라이는 이런 비판을 철저히 추구했던 사람으로 보였다. 그는 명백한 차별적 언동, 직업이나 시민권의 구조적 배제만이 아니라, 특정 사람들에 대한 범주화 역시 차별이라고 봤다. 그에게 권력이나 폭력은 무엇보다 언어로 작용하는 것이며, 따라서 대상을 범주로 가두고 이러쿵저러쿵 규정하는 조사자의 행위는 그 자체가 폭력일 수 있었다. 그래서 그는 구술자가 이야기한 내용이 아니라 '구술자와 조사자 쌍방의 관심에서 대화가 구축되는 과정'에 주목하자고, 그것이 무엇인가 하는 물음이 아니라 그것이 어떻게 서술되고 있는가 하는 물음으로 질문의 초점을 옮기자고 주장했다. 기시는 이를 '구술자의 이야기에서 인용부를 벗기지 않는다.'라고 표현한다. 인용부를 씌운 채 여러 가지가 구술되어 있음을 보여 주는 것. 그렇게 할 경우, 구술자의 합리성을 유지하기 위해 차별의 존재를 부정한다거나 거꾸로 차별의 존재를 유지하기 위해 구술자의 합리성을 부정하는 모순을 비켜 갈 수 있다.

기시가 우리에게 자신의 이야기를 펼쳐 보이는 것은 이 지점에서다. 그는 바로 이것, 즉 인용부를 벗기지 않는 일, 사쿠라이이라면 폭력을 피하기 위해 세심하게 고민한 결과라 변호할지도 모르는 방법론을 거세게 비판한다. 사쿠라이의 방법론을 진지하게 받아들였을 경우, 타자의 이야기는 번역 불가능하게 되며 사회학자는 어떤 이야기도 기록할 수 없게 된다. 그러나 기시는 구술조사와 분석 행위의 근본적인 위험성을 인식하면서도, 계속 기록하고, 다시 이야기해야 한다고 강조한다. "구술자의 이야기에서 인용부를 벗기고 우리 사회학자들이 다른 문장으로 기록한다. 구술된 언어를 쓰여진 문자로 번역하는 것이 조사한다는 것이다."[20]

나는 세키에게 '언제나 도서관 같은 자리에 있지만 늘 도망가는 중인 세키 군'이라는 별명을 멋대로 붙여 둔 적이 있다. 그가 무엇을 원하는지는 모른다. 제때 박사 논문을 써서 졸업할 생각이 있는지, 학계의 진로를 생각하고

[20] 기시 마사히코 저, 정세경 옮김, 『망고와 수류탄』(두번째테제, 2021), 103쪽.

있는지 원한다면 그걸 해낼 수 있는지 없는지 능력에 대해 판단할 처지도 물론 아니고 말이다. 지난 6년간, 학생으로 있는 시간에 충실했던 것인지, 아니면 오히려 더 투철하게 쓰기 위한 추진력을 얻기 위함이었으며 그 진가는 나중에야 드러나게 되는 것인지도.

실은 세키는 나의 분신이다. 특히 후자의 세키가 나의 분신이다. 여기 쓴 이야기는 나와 내 불안에 대한 이야기, 내가 내게 들려준 이야기다. 나는 과거에 기자였고, 구술을 토대로 한 『IMF 키즈의 생애』(코난북스, 2017)를 썼으며, 지금은 파르주처럼 주로 과거의 문서들을 자료 삼아 조사를 행한다. 그러나 그것만 한 게 아니라, 어쩌면 그걸 한 시간보다, 어떤/ 사람들/ 사건들에 대해 조사한다는 것, 그것을 써서 정보와 앎을 생산한다는 것, 즉 말로 세상에 함부로 개입한다는 것에 대해 생각하느라 오랜 시간을 보냈다. 이런 인생을 살다 보면 마음속에 세키 같은 존재가 자란다. 아니 거울로서 나타난다. 강을 알기 위해 강에 대해서 말하기 위해 모든 강물을 다 마셔 볼 기세로 책의 요새를 쌓고 그 안으로 잠수하는 사람의 모습이. 강은 찢을 수 없다. 그러나 조사하고 그것에 대한 결론을 내려 발표한다는 것은 마치 강처럼 찢을 수 없는 것을 어떤 지점에서 찢고 그것을 다시 이어 붙인다는 것이다. 나는 이런저런 핑계로 자주 망설이고 주저하면서 실은 가만히 앉아 도망을 친다. 그럴 수밖에 없는 이유에 대해 변호하기도 했으며 어쩌면 지금도 그렇게 하고 있다. 그러나 언제나 마음속 세키의 손을 붙잡고, 지금 당장 말을 시작해야 한다고 당부한다. 찢을 수 없는 것을 찢고 묶을 수 없는 것을 한데 묶어 가면서도 무언가에 대해 가장 적절한 언어를 부여하는 노력을 포기하지 말아야 한다고. 책이 펼쳐져 있을 때, 세계는 완전하고 그것은 손에 붙잡힐 것처럼도 보이지만, 책을 편 채로 살아갈 수는 없는 일이라고.

친구의 일기 이한울

서울 거주. 급여생활자.
하루를 개별적인 날로 분류하기 위해
여러 수단을 사용하는 중.

뭔가를 영영 되찾지 못하(거나 뜬금없이 되찾)는 일

얼마 전 친구가 사진 한 장을 메신저로 보냈다. 짙푸른 밤과 대비되는 눈부신 조명으로 빛나는 고풍스러운 건물. 그 아래에는 빛을 반사한 금빛 강이 흐르고 돌로 지어진 다리가 풍경의 중앙을 가른다. 어쩐지 관광지의 노점에서 팔 것처럼 생긴 이 엽서는 실제로 관광지로 유명한 동유럽의 어느 도시에서 구매해 부친 것이다. 약 10년쯤 전의 일이고 몇 명의 친구들에게 엽서를 썼던 기억이 어렴풋이 난다. 두 달의 일정 중 거의 절반이 지난 시점이었다. 비 오는 날 엽서를 사고 골목을 헤메다 들어간 작은 카페에서 치즈케이크를 먹으며 미리 휴대폰 메모장에 써 둔 짧은 편지를 한참이나 엽서에 옮겨 적었던 날인데 그 시기의 일들 대부분이 그렇듯 시야에 들어온 몇 장면과 어느 순간의 옅은 감정만이 파편적으로 남아 있고 대부분 비어 있다. 그리고 이렇게 남은 것들은 내 선택이나 의지에 의한 것이 아니다. 그러니까 추후 어떤 장면이 기억에 어떤 형태로 재편집되어 남게 될지 현재 시점에서는 예측할 수 없다는 당연한 사실이 가끔은 말도 안 되게 이상하다 느껴지는데 아무래도 내 타임라인에서 사건으로 일컬을 만한 중요한 일들, 즉 당시에는 인상 깊어서 혹은 어느 시기의 처음이나 마지막을 가르는 지점이라 선명하게 지속될 것 같은 날들이 지금 와서는 흔적도 없는 대신 일상의 평범한 부분들이 그 자리를 채운다는 사실이 잘 이해가 가지 않아서인 것 같다. 내가 특정 기억이 남아 있기를 원하는지 그렇지 않은지와는 별개로 고자극일수록 기억에 강렬하게 남는 게 일반적인 것 같은데 왜 실제로는 다를까? 이를테면 어느 순간 연락이 완전히 끊긴 친구의 마지막 문자에 대한 내 대답이 뭐였는지가 아니라 어느 날 사 먹었던 팬케이크 접시의 모양이나 서점 통유리 바깥에서 흔들리던 나무 같은 것들만이 남아 있단 사실을 깨닫게 되는데 그럴 때면 아니 대체 어떻게 이럴 수가 있지

하다가도 어쩌면 감정 소모를 줄이려고 애쓰지만 매번 실패하는 나와 그걸 알고 있는 내 무의식이 최대한 정서적 데미지가 적은 ASMR같은 하루를 더 많이 남기려는 보호 기제 같은 게 아닐까 싶기도 하다. 그리고 이렇게 사소한 일들이 다 기억나면서도 내가 썼던 편지의 내용은 정말이지 아무것도 기억나지 않는다는 것도 이상하다.

어쨌거나 다시 친구가 보내 준 사진 이야기로 돌아가자면 편지에 뭐라고 썼는지 궁금해 뒷면도 보내 달라고 했지만 별 내용은 없었고 그저 평범한 안부 인사였다. 내 말투는 그때도 지금도 사근사근한 편은 아닌데 글투는 제법 부드러웠으며 지금은 누구에게도 쓰지 않는 애칭으로 친구를 부르고 있어서 어색했다. 이제는 대학 기숙사에서처럼 매일 볼 수도 없고 그저 한 해에 몇 번 볼 뿐이지만 10년 전과 지금의 나를 다 알고 있고 스스로 느끼지 못했을 내 변화 과정을 낯섦이나 큰 시간 차 없이 받아들이는 사람이 있어서 다행이라고 느끼기도 했다.

그리고 그 후로도 몇 번 더 여행지에서 엽서를 사서 현지 우체국을 통해 지인들에게 부쳤다. 고등학생 무렵부터 매년 크리스마스 시즌에 나름대로 올해의 친구를 선정해(선정 사실은 비밀로 하고) 카드를 써 왔으니 꽤 오래된 혼자만의 의식이다. 직접 전달하는 것보다 우표를 붙이고 그 위에 도장이 찍히고 손을 떠난 후엔 초조하지만 설레는

맘으로 기다리는 뭔가가 있다는 점이 좋다. 저장해 두고 종종 꺼내 볼 수 있는 사진이나 일기와는 다르게 내가 쓴 무언가가 가까운 혹은 가까워지고 싶거나 어느 시기엔 가까웠으나 지금은 멀어진 상대에게 보내졌고, 보낸 후엔 더 이상 내 것이 아니니 쉽게 다시 보여 달라고 할 수 없다(갑자기 내가 쓴 편지를 다시 보여 달라고 하면 어쩐지 구차해 보이는 데다가 편지를 버렸을 경우 마음의 상처가 남을 수도 있다는 큰 단점)는 점, 그리고 이렇게 되찾지 못하는 유실물 같은 조각들이 언젠가 이번처럼 뜻밖의 순간에 다시 돌아올 수도 있다는 점이, 또한 되돌아온 순간에 나는 그걸 어떤 감정으로 받아들이게 될지 예측 불가하다는 점 모두가 재밌고 신기하고 무섭고 이상하다.

처음에는 어떤 신청서에서 한울 씨의 '신청 사유'를 봤다. 그 짧은 '참가 신청의 변'에서 구체적인 삶이 펼쳐지고 있다는 점이 인상적이었다. 그 후 내가 몰고 한울 씨가 탑승하는 형태의 워크샵에서 일종의 여행을 함께했고, 종종 SNS에서 그가 쓴 짤막한 글을 볼 수 있었다. 그가 일상을 기록하고 공유하는 방식에는 기분 좋은 담백함이 있었다. 이듬해 도쿄 여행 중에 그는 나를 찾아왔고, 내가 가장 힘든 시간을 보내고 있을 때 짤막한 편지도 보내 주었다. 우리는 말을 주고받은 적도 많지 않고 실제로 만난 것도 단 한 번뿐인데 서로를 잘 이해하고 있다는 생각이 든다. 그것은 그 짧은 순간이나 대화로서 많은 걸 유추하게 되기 때문이라기보다 그 짧은 순간을 아주 잘 기억하게 되기 때문이다.

by 안은별

베를린의 이상우

플레이리스트 #26

"기억은 때때로 상상이기 때문에
춤처럼 흔들리고 휘어진다."

▷ Christian Thielemann & Wiener Philharmoniker
— R. Strauss: Concert Suite From "Der
Rosenkavalier", TrV 227d-3. Tempo di Valse, assai
comodo da primo

일곱 살 때 바다와 함께 스키장에 갔던 기억이 있다. 바다는 옆집 가족과 함께 살았던, 당시 세 살이었던 슈나우저다. 나와 친구는 바다를 사이에 두고 케이블카로 산을 오르며

꿈처럼 눈이 쌓여 있는 땅을 내려다봤다. 더 이상 그 친구의 얼굴은 기억나지 않는다.

▷ Sly5thAve, Roberto Verástegui

— El Momento

실브스터와 로베르토는 북텍사스 대학의 앙상블 수업에서 만났다. 로베르토는 실브스터에게 자신의 고향에 한번 놀러오라 말했고, 실브스터는 그의 친구를 만나기 위해 멕시코시티로 향했다. 팬데믹 기간이었고 그들은 로베르토의 아내인 유키까지 다 함께 집에서 머물며 바비큐도 먹고 칵테일도 마시며 aqua del jamaica라는 타이틀의 앨범을 만들었다.

'그 순간'이라는 의미의 이 트랙을 듣다 보면 역시 멕시코시티에서 영원의 벗 마리오 산티아고를 만난 로베르토 볼라뇨가 가장 먼저 떠오르고. 또 같은 칠레 출신이자, 각자의 학교에서 수학여행으로 간 소노라 사막에서 우연히 만나, 전설적인 인디 레이블 Clown & Sunset을 만들었던 니콜라스 쟈와 니키타 콰심도 떠오르지만 나에게 가장 가까운 건, 동국대 소설 창작 강의에서 타과생이라 둘 다 외부인 취급을 받았던 정지돈과 오한기의 만남이다. 이들은 강의실 어디쯤에 앉아 있었을까.

어떻게 생겨 먹은 복도를 걸어 다니다 마주쳤는지 얼마나 엿같이 맛없는 자판기 커피를 마시며 한겨울에도 구멍 난 컨버스를 신고서 도서관에 얼마큼 오래 머물렀는지.

▷ Knxwledge

— minding my business (Durand bernarr, Rose gold)

10대에 가장 많이 들었던 장르는 R&B였다. 알죠. 나는 내가 전생에 필라델피아나 뉴욕에서 살았을 거라고 생각했어. 중소기업 mp3 플레이어에 Nubian M.O.B, Blackstreet, Joe. D'angelo 같은 걸 넣어 가지고 버스에서 들으면 pooh…… 가끔 듀렉도 쓰고 중학생 때는 이대 근처의 빈티지 가게에서 Ruf ryders와 Avirex를 뒤져서 입고 다녔다. Volcom, Lakai를 입을 때쯤에는 친구 태경이와 같이 신촌, 압구정 온 화장품 가게를 뒤져 갸스비 왁스를 찾으러 다니기도 했는데, 2002년 당시에는 어느 한 군데에서도 갸스비를 취급하지 않았다. 그다음에는 역시 친구 태경이를 따라 펑크로 넘어가서 TUK 클리퍼를 신고 셔츠에다 징을 박고 다녔다. 피어싱도, 체인도 달았지만 우리에게 펑크의 시절은 짧았다. man 그 중간에 태경이와 어렵게 돈을 모아 스케이트보드를 샀다 두어 번 타고 만 것도 잊지 마. 고3 때는 야자 도중에 학교에서 도망치고 이태원의 All that jazz에 자주 놀러 갔는데, 서울 갈 돈도 없이 학교에서 도망 나간 어느 날은 갑자기 비가 너무 많이 와서 택시를 탔고, 그때 택시에서 들었던 마일즈 데이비스의 기억은 잊을 수 없는 것 같다. 이건 좀 너무 구리지 않아?라고 생각돼도 어쩔 수 없다. 그날 택시 안의 모든 것이 기억난다. 택시 바깥의 모든 좆같음을 따돌리는.

▷ PRISM

— Shadow of jungle gym

솔뫼 씨와 은혜 편집자님과 초밥 먹었다. 점심 특선을 주문하곤, 초밥집 다이에 셋이 나란히 앉아 은혜님과 기현님은 서로 알아요? 아니요. 이야기는 많이 들었지만 만나서 이야기해 볼 기회는 없었어요. 누가 어디에서 계약했는데 계약금이 얼마 우와 미친 돌았네 개부럽다. 초밥을 만들어 주시는 분이 눈앞에서 자꾸 움직이고 있으니 기억 속에서 우리의 등 뒤는 미지 같고 그래서 우리가 하와이에 있었다고 기억해도 될 것 같습니다. 초밥을 기다리는 우리 등 뒤의 커다란 통창문에는 존나 예쁜 바다가 가득 차 있었다네. 존나 예쁜 야자수들과 존나 잘 탄 아이들이 팬티 바람으로 스케이트보드를 타고 있었다네. 1980년, 우리 셋 모두가 태어나기 전의 하와이였다고 기억해도 될 것 같소. 아니면 2200년, 지구에서 초밥을 만들 줄 아는 마지막 사람의 하와이 집에서 셋이 나란히 앉아 있었다고 기억해도 될 것 같다. 빨간색, 아니면 하얀색 차를 주차해 둔 곳으로부터 바닷바람이 옷깃을 건드려 오는 초밥집 다이에서, 마치 아기 참새들처럼 젓가락을 열어 차례대로 나오는 초밥을 하나씩 하나씩 집어먹으면서 어떤 순간들은 시공을 초월해 있고, 와다 아키라의 기타는 그런 식으로 존재하는 것 같다. 친구들의 문장도 적어도 나에겐.

▷ Hiro Ama

— Free soul

그러고 보니 금정연이 아오야마에서 춤췄던 이야기를 했었나? 도로 지하, 도로 터널 부근에 있던 클럽이었다. 클럽이라기보다 차라리 집에 더 가까운 형태였는데 말 그대로 내부가 일반 집의 형태에 집처럼 조명도 아주 밝고 따뜻하고 가벼운 음악들에 가볍게 움직이는 곳이어서, 보통의 하우스파티보다도 밝은 공간에서 그렇게 술잔을 들고 다른 이들과 놀다가 다시 문을 열고 밖으로 나가면 엄청나게 어두운 한밤의 와중에 미치도록 깨끗한 미감의 아오야마 맨션들과 텅 빈 채 매끄러운 수도고속도로가 나타나는 그런 곳이었다. 내가 그다음에 도쿄에 갔을 때는 뉴욕행 비행기의 경유지로 하루 스탑오버 했을 때고, 그날은 하루 종일 은별 씨와 놀았다. 신주쿠의 베르그에서 만나 핫도그와 커피를 먹고 근처 킷사텐에 들려 느긋이 쉬다가 저녁에는 산겐자야를 걸은 뒤, 삼각지대에서 인도 요리를 먹었다. 밤이 되어 다음 날 비행을 위해 하네다공항 호스텔로 돌아오니, 그제야 목욕탕이 구비되어 있다는 안내문을 발견해서 새벽에 혼자 온천욕 했다. 정연 씨도, 은별 씨도 그 누구도 도쿄에서 춤을 추지 않았지만 이상하게 도쿄에 있던 친구들을 떠올릴 때면 하우스 음악을 배경으로 도쿄 이곳저곳에서 춤추는 그들을 그려 보는 게 재밌다.

▷ Iván Fischer & Budapest Festival Orchestra — Mendelssohn: Overture&Incidental Music to "A Midsummer Night's Dream", Op. 61: I. Scherzo-Allegro vivace

가장 호화스러운 동네로 쿠담을 뽑곤 하지만 내 기준에서 가장 귀족적 정취를 내뿜고 있는 동네는 콘체르토하우스가 있는 잔다르멘마르크트 같다. 콘체르토하우스 베를린은 그 유명한 베를린필하모니보다 작고 훨씬 낡았지만 음향의 수준은 더 높다. 나는 이반 피셔와 부다페스트

페스티벌 오케스트라의 공연을 보러 갔다. 평소에 이반 피셔와 BFO를 좋아했기 때문에, 자주 들었기 때문에, 아니면 단순히 내가 필하모니에 갔을 때보다 연주자와 가까운 좌석에 앉았기 때문에 이 음향의 차이가 나는 게 아닐까 생각했는데, 실제로 음향엔지니어들이 뽑은 세계 클래식 공연장 음향 순위에서 콘체르트하우스는 필하모니보다 훨씬 높이 랭크되어 있다. (콘체르트하우스 4위, 베를린필하모니 16위.) 이반 피셔와 단원들은 앵콜로 헝가리안 댄스 연주해 줬고 그것은 나를 포함한 관객들이 그들에게 기대하는 가장 1차원적인 요청이기 때문에 적당히 좋았지만, 이후 이반 피셔가 BFO와 콘체르트하우스의 단원들까지 다 무대에 세워 방금 A4용지에 뽑은 악보를 두 사람에 한 장씩 손에 들고서 다 같이 성가를 노래해 준 것은 미쳤다. 콘체르트하우스가 있는 동네에 대해서는 별 할 말이 없다. 여기 살면 좋겠지. 좋겠네 다들. 환하고, 안전하고, 백인들뿐이고. 백인들, 그래. 잘 살아라. 15분 정도 걸어 나와 운터덴린덴 역에서 케밥 포장해서 집에 돌아왔다.

▷ Fort Romeau

— Untitled IV

반면 베를린에 아직 와 보지 않은, 그러나 베를린에 대해 어떤 인상이 있는 사람들은 베를린에 도착해 새벽에 Ubahn에서 테크노를 틀어 보면 그 막연했던 환상을 실체화시킬 수 있을지도 모른다. 유럽의 풍경은 클래식과 가장 가깝지만 지하는 또 완전히 다른 이야기 같다. 테크노가 아니고서야 도저히 이 베를린 지하철의 군상들을 담아낼 수가 없다. 나는 베를린 주 정부의 명령으로 지하철에 강제적으로 테크노를 틀어 놔도 좋겠다고 생각하지만 그런 일은 일어나지 않을 것이다. 승객들이 창문을 깨고 달리는 지하철 창밖으로 뛰쳐나가다 몸이 잘리거나 머리통이 터져 버릴 테니까.

▷ Teresa Winter

— Drowning by numbers Pt I

기억은 때때로 상상이기 때문에 춤처럼 흔들리고 휘어진다.

▷ Dirty beaches

— True blue

홍콩에서 온 카르멘, 그의 딸 아우라, 그들의 대만 친구 샹치가 우리 집에 놀러 왔다. 샹치의 어머니는 대만에서 대단히 유명한 배우라고 했는데 조심스러워서 이름을 묻지는 못했다. 샹치가 아주 어렸을 때, 자주 허우샤오시엔과 아침식사를 함께 했다는 이야기가 좋았다. 그들은 홍콩과 대만을 싫어하며 동시에 그리워했고 홍콩은 안 가 봐서 모르겠지만 나도 자주 대만을 생각한다. 내가 타이페이에서 머물던 숙소는 두 군데인데 하나는 단수이 쪽에 있었고 그곳에서는 주인 아들이 맨날 지브리 애니메이션을 봤다. 타이페이 공원 근처 숙소에서는 시바견 세 마리와 고양이 두 마리가 같이 살았다. 와이파이 때문에 거실에 나가면 그들 모두가 나에게 달려와 내 온몸 이곳저곳에 얼굴과 몸을 기대어 오고 가끔은 나를 따라 방에도 들어와서 쓰다듬어 달라 졸랐다. 나는 타이페이에 열흘 머물렀는데 열흘 내내 비가 와서 한 번도 해 뜬 타이페이를 본 적이 없다. 바이샤완에서도 폭풍우가 와서 아무도 없었는데 그건 그것대로 좋기도 했지만 좀 아쉽기도 하다. 매일 비옷을 입고 역시 비옷을 입고 스쿠터와 오토바이를 탄 사람들을 구경하거나 그 사이를 지나가면서 들려오는 대만어에 홀려서인지 대만은 빗소리도 부드럽다고 생각했다. 어딜 가나 무지개 스티커가 붙여져 있고. 따뜻한 밀크티 내 영혼을 가지세요. 마지막 날, 새벽 1시에 공항에 도착해서 5시 40분 출발 도쿄행 비행기를 기다리며 알펜슈퍼어의 기억을 읽었다. 그때는 내가 독일에 살게 될 줄 몰랐네. 책을 읽다 눈이 아프면 타이페이 공항의 빈 의자들 구경했다.

▷ Hareton Salvanini

— Sem nome

yo. 기억하기 싫은 시절들도 있다. 사실 거의 전부가 다 그렇다. 그간 죽은 자들도 있고, 혼자 타인에게서 실종되어 버린 자들도 있다. 나도 그랬지. 다들 잘 지내길.

▷ Virginia Astley

— A summer long since passed

최근의 소설에 자전거가 많이 나오는 이유는 요새 내가 자전거를 타기 때문이다. 영삼 씨와 희수 씨가 안 쓰는 자전거를 나에게 선물해 준 후로 나는 매일 자전거를 타고 다닌다. 돌이켜 보면 10대 때는 조금 탔던 것 같은데

20대 때는 타지 않은 것 같다. 베를린은 자전거 타기 좋은 도시라고 하지만 어디든 자전거는 타면 좋겠지. 자전거를 탈 때 가장 많이 보는 건 핸들을 잡고 있는 내 두 손이다. 그 시점은 어딘가 이상하다. 믿기지가 않고 어색하고 반쯤 남의 손 같아서 그런 기분을 가진 채, 너무 이상한: 앉아서 발을 구르면 내 몸이 바람보다 부드럽게 앞으로 나아가는 신기한 움직임으로, 이민자들이 모여 사는 공동주택단지 안의 긴 공터를 따라, 봄여름가을겨울 매일 똑같이 가죽 재킷과 가죽 페도라를 쓰고 벤치의 똑같은 자리에 하루 종일 앉아 있는 아저씨를 지나, 아이들과 아이들에게 어설픈 파쿠르를 자랑하는 동네 백수를 지나, 늘 비어 있는 탁구대를, 대마초들이 버려진 수풀로 우거진 샛길을 지나, 깜짝 놀라 정신없이 도망치는 참새들을 지나 횡단보도 없는 큰 대로를 건너 또 다시 지나, 지나, 지나.

▷ John carroll kirby

— P64 my side

아이슬란드를 차 타고 돌아다니다 보면 이곳저곳 예고 없이 서 있는 말들을 볼 수 있는데 그들은 갑자기 시야 안에 들어와서 지나간 몇 달 후에도 사라지지 않고 여전히 그 자리에서 그 눈빛으로 자기 할 일을 한다.

▷ Branko Mataja

— Sreo sam te

전화를 받았지. 그쪽에서 hey. 나도 hey. 그쪽에서 hey. 다른 누군가가 hey. 또 다른 누군가가 hey. 또 또 다른 누군가가 hey. 또 또 또 다른 누군가가 hey. 또 또 또 또 다른

▷ DJ Sprinkles

— Midtown 120 blues(intro)

비가 와도 달리기를 해야 하는 날이 있다. 특별한 날도 아니고 특별한 일도 아니다. 그냥 후드를 뒤집어쓰고 나가면 된다. 빗물과 안개 때문에 엄청나게 번져 나가는 불빛들. 언덕들. 숨소리들.

▷ Zopelar

— Back in tha game

희천 씨가 두산 레지던시 프로그램으로 뉴욕에 있을 때 그의 숙소에서 일주일 정도 함께 지냈다. 아마 거의 첫날부터 에이즈 워크에 참여해 오래 걷고, 뉴욕에 거의 마지막으로 남은 다이너에 가 밤늦게까지 죽도 때리고,

그 외 센트럴파크, 뉴저지와 차이나타운은 혼자 다녔다. 차이나타운에 겉보기 재밌어 보이는 갤러리들이 많아서 하나하나 다 들어가 봤던 게 기억난다. 동양인은 언제나 반갑고 지하철에 앉아 있다 눈이 마주치면 눈짓으로, yeah you're doing good, ok, you too. look at that muther fucking white peo…… 재즈심벌처럼 우아한 여우비가 날리던 센트럴파크에서 삥 뜯긴 이야기는 나중에. 여하간 어느 날 밤 11시 우리는 퀸즈로 가는 지하철에 탔다. 드림크러셔의 공연이었다. 도착해 입장해 보니 관객은 우리 포함 열 명쯤 됐다. 마지막 순서인 드림크러셔의 공연을 기다리며 앞의 여섯 명 정도의 공연을 재밌게 지켜봤다. 뭔가 익숙해서 돌아보니 아까 열 명쯤의 관객들이 모두 공연자들이었다. 그러니까 진짜 관객은 나와 희천 씨와 나머지 네 명쯤. 그래도 드림크러셔의 공연은 내가 뉴욕에서 본 공연 중 제일 좋았다. 같은 해, 2018년 가을에 데스그립스가 베를린에 왔을 때, 아까 그 나머지 네 명쯤 같은 이들이 독일 전역에서 몰려왔다. 그 이후로 지금까지 베를린에서 그들과 같은 이들을 본 적 없다.

▷ Aretha Franklin

— It hurts like hell

(PM 23:50. Döner Center Gesundbrunnen, 13357, Berlin. Regen)

Hallo. Einmal Döner in Brot und einmal pomes. bitte.

okay. sauce?

Alles bitte. und ohne cucumber, ohne rotkraut.

Pomes sauce? Ketchup? Mayo?

Beides, bitte.

okay. 6 Euro.

Danke. Tschüss.

Tschüss.

▷ Kenny wheeler

— Part-1-opening

아직 일어나지 않은 일들 중 하나. 나는 독일 이베이에서 구해 온 몇 장의 SACD와 DSD 음원을 챙겨서 정연 씨의 작업실에 간다. 그곳에는 하이파이 스피커와 엠프, 플레이어가 준비돼 있고 우리는 스피커의 소리와 완벽하게 조절된 거리에서 소파 끄트머리에 서로 떨어져 앉아 음악을 듣는다. 정위감, 공간감, 해상력 등등 다이내믹 분리도 심도 등등 말하거나 말하지 않으면서 어쩌면 나는 금정연이 위건의 비오는 부둣가에 혼자 서 있는 모습을 떠올릴지도 모른다. 아니면 리스본에서 담배를 입에 물고 치킨과 캔맥주가 든 비닐봉투를 양손에 들고서 숙소가 있는 언덕길을 걸어오르는, 한양대 결혼식장에서 두 손을 모으고 서 있던 모습이나 잠든 나윤이 옆에서 책을 읽고 있는 모습을 떠올릴 수도. 그렇게 한참을 음악을 듣다가 어느 순간 누군가 먼저 말할 것이다. 와 우리도 존나 늙었네요 이제. 진짜. 진짜 그렇네요. 와. 소름. 내 팔 좀 봐요. 존나 늙어서 소름도 안 돋아요. 와. 이제 우리 진짜 존나 돌이킬 수도 없는 걸까요? 아마도 그렇지 않을까요? 와. 와. 아마 더 심한 말도 하겠지만 아무튼 내내 계속 웃을 것이다.

친구의 일기 **황지연**

출판사에서 편집자로
일하고 있습니다.

눈이 올 정도로 추운지
— 2022년 10월 2일

창문 열어 두니 시원한 바람 불어온다. 비가 거의 그쳤고 자동차 지나가자 도로 웅덩이에서 물 튀는 소리도 들린다. 나가서 아이스크림 사 올까 싶었지만 막상 이것저것 걸치려니 또 귀찮고. 요새 네 개에 2천 원 하던데, 하지만 게으름이 이겼다.

오늘 오전에 한 거라곤 이불 속에서 「블랙리스트」 본 게 다다. 재밌는 드라마라기보다 무려 아홉 시즌이 있다는 것이 묘한 안도감을 준다. 나는 몇 시간 만에 끝나는 영화를 좀처럼 보지 못하고 지루하더라도 계속 늘어지는 이야기들이 편하다. 「블랙리스트」 전에는 「브루클린 나인-나인」 봤는데 두 시즌 남았을 때부터 다음엔 뭘 봐야 하나 불안해지기 시작했다…….

물론 배 속에 음식물도 넣어 줘야 하고 밀린 청소도 해야 하고 할 게 너무 많지만 그건 항상 그렇고 언제나 그렇듯 머릿속에서 계획만 세우며 질질 시간 끌다 그냥 일어났다. 당연히, 계획은 저 멀리 어딘가로 사라졌다.

그래서 여태 본 게 얇고 조그만 파란 소설책이다. Jessica Au의 'Cold Enough for Snow'. 올해 2월 멍 때리며 모르는 블로그들 타고 타고 가다 우연히 알게 된 책이다. 간결했던 리뷰 중 'mesmerized'라는 단어가 떠오른다.

동아시아계 이주자 출신 엄마와 딸이 어느 해 10월 도쿄로 여행을 떠나 나눈 대화, 감정, 기억이 쭉 흐르는 90여 쪽의 이 짧은 소설에는 장 구분도 없이 몇 주의 시간이 그대로 담겨 있다. 각자 다른 시간에 도쿄에 도착한 두 사람은 저녁 거리를 걷고, 비바람을 피해 조그만 식당에서 함께 식사하고, 현대 미술관과 사찰, 중고 서점에도 방문한다. 그동안 둘은 눈이 올 정도로 추운지 궁금했던 도쿄의 날씨에 대해, 너와 나의 별자리에 대해, 각자 입은 옷과 과거 기억이 응축된 사물들, 가족, 이제는 멀어진 시간과 사람들, 또 기억, 이 모든 것에 대해 이야기

나누는데 며칠뿐인 짧은 여행 속에서 순간순간의 감정과 합의되지 않은 기억의 풍경이 계속해서 끼어들어 우리가 걷고 보고 스치는 현실의 시간보다 머릿속에 고이는 지나가 버린 과거의 단편들이 그 몸집을 키워 간다.

출국일이 다가오던 어느 날, 서술자인 딸은 엄마에게 오늘 하루는 따로 시간을 보내는 것이 어떻겠느냐고 묻는다. 그렇게 해가 지고 하루가 끝나갈 즈음 여전히 산을 내려오던 서술자는 온갖 기억과 상념 속에서 문득 다음을 떠올린다. "힘이 쭉 빠져서는 막연히 이런 생각이 들었다. 어쩌면 모든 걸 이해할 필요는 없다고, 다만 그저 보고 붙들고만 있어도 된다고."[21]

이에 나는 앨리 스미스의 문장 하나를 떠올릴 수밖에 없었다. 길었든 짧았든 과거 얼마간 우리 곁을 지킨 이들이 우리를 제대로 보았기를 바랄 뿐이라고.[22] 두 문장 모두 보는 행위를 내세우지만 그걸 각각 지속과 순간과 엮는다는 점에서 서로 다른 곳을 향한 듯 보인다. 하지만 지속과 순간 모두 어떻든 저마다 영원에 닿으려 하기에. 둘은 느슨하게나마 이어져 있다는 기분을 준다. 그 기분이, 혹은 영원이라는 것이 신뢰할 만한지는 모르겠지만.

내게도 따뜻했던 기억의 조각들이 있다. 8월의 어느 여름밤 합정역, 푸드실방, 절두산, 공동묘지, 구름이 옅게 보이던 밤하늘. 우리는 잠시 벤치에 앉아 두런두런 대화

[21] Jessica Au, Cold Enough for Snow, Fitzcarraldo Editions, 2022, p. 87.
[22] 앨리 스미스, 김재성 옮김, 『가을』(민음사, 2019), 210쪽.

나누며 사진을 찍었다. 그리고 나로선 답하기 어려웠던 너의 질문들. 그 물음들은 영원의 경로에 들어서기도 전에 흩어져 사라졌지만 어딘가에 고여 조용히 남아 있을 것이다. 언젠가 꺼내 볼 일이 있겠지.

기억나지 않는 어느 시기에 예인 씨가 최근에 만난 어느 학생에 대해 길게 이야기해 준 적이 있다. 엄청 좋은 인상뿐이라 듣는 것만으로 기분이 좋았는데, 그 후로 머지않아 김예령 선생님께서도 자신의 강의를 듣는 한 학생에 대해 이야기 해줬다. 역시 온통 좋은 이야기뿐이었다. 그로부터 몇 년이 더 흐르고 두 사람이 각자 말한 그 학생이 동일 인물이라는 사실을 알게 됐다. 그렇게 내가 처음 황지연님의 존재를 알게 된지 벌써 오랜 시간이 지난 것 같다. 안녕하세요. 잘 지내셨나요. 그의 글과 그가 만든 책들을 읽고 싶었다. 당장의 소개는 여기까지지만 앞으로 훨씬 더 많은 기회가 있을 것이다.

by 이상우

이야기를 전하는
이야기를 전하기

"다음 달에 우리는 만난다.
만일 우리가 만날 수 없게 된다고 하면,
그다음 달에 만날 것이다. 그렇게 계속 우리는
다음 달에 만날 수 있을 것이다."

29층에서 1층으로

신주쿠 NS빌딩은 기네스북에도 등재된 커다란 추시계와 공간의 내부가 중앙정원의 확장처럼 위에서 아래로 혹은 아래에서 위로 텅 비어 있는 구조로 유명하다. 3면이 유리로 된 엘리베이터는 속이 안 좋아질 정도로 속도가 빠르다. 최상층인 30층 바로 아래 29층에는 뻥 뚫린 공중을 가로지르는, 유리로 되어 있어 밑을 볼 수 있는 공중다리가 있다. 코로나 첫 해의 초여름 T는 빈 빌딩에 놀러 가자며 나를 이곳으로 이끌었다. 외출 자제가 권장되던 시기라 빌딩의 수직적 형식처럼 빌딩 주변도 텅 비어 있었으며 이것은 확실히 묘한 흥분을 일으켰다. 뻥 뚫린 빌딩의 모습을 아래에서 위로 한 번 올려다보고, 엘리베이터를 타고 공중다리로 가서 위에서 아래로 한 번 내려다보았다. 우리는 둘로 나뉘어 나는 밑으로 내려가고 T는 공중다리에 남아 아이폰 카메라로 재미있는 동영상을 찍기로 했다.

1층으로 내려간 나는 편의점을 오가던 사람들의 눈을 의식하면서, 춤도 아니고 걷거나 뛰는 것도 아니고 빙글빙글 돌거나 팔을 벌리고 휘저으면서 1분인가 2분인가, 이런저런 움직임을 시도했다. 그러나 카메라와 찍는 사람의 존재는 너무 멀리 있고 보이지도 들리지도 않는다. 도대체 어떻게 찍히고 있을지 상상하기 쉽지 않았다. 감독의 지시를 들을 수 있으면 좋을 텐데 통신을 위해서는 촬영을 그만두어야 했으니. 그래도 이 정도면 충분하겠지 하고 다시 29층으로 돌아갔더니, T는 화가 나 있었다. 왜 그렇게 움직이냐고, 내가 뭐 하는지 전혀 안 보인다고 했다.

찍힌 화면을 확인해 보니 정말로 바보 같았다. 그걸 보니 어떻게 움직여야 할지 조금은 알 것 같았다. 나는 제대로 움직이겠다고 약속한 뒤 다시 엘리베이터를 타고 1층으로 내려갔다. 그리고 더 크게 움직였고, 29층으로 돌아왔다. 그렇지만 여전히 엉망이었던 것인지, 그는 더욱

화가 나 있었다. 나는 별것도 아닌 일이라고 생각했지만 T에게는 중요한 일이었던 모양이었다. 이 시간을 재미있게 만들어 보려고 했던 자신의 그림을 망친 것이. 그러나 유리로 막힌 29층에서 1층에 있는 사람에게 어떻게 해 달라고 말할 수도, 1층에 있는 사람이 1층에 있으면서 동시에 29층에 있는 눈을 상상하기도 어려운 노릇이었다. 무엇보다 29층에서 그렇게 할 수 있을 거라고 바라는 움직임은 사실 1층에서 불가능한 것일지도 모른다. 다시 할까? 한 번 더 해 보면 괜찮을 것 같은데?라고 나는 말했지만 T는 그냥 나가자고 했다.

얼마 전 T가 어떤 사람이었는지 말하기 위해 이 기억을 끄집어냈는데 그렇게 예시로 굳히는 도중에 이 일은 단 한 번도 이야기로 만들어 본 적이 없다는 사실을 깨달았다. 우리 삶에서 일어나는 대부분의 일들이 그러하듯이 말이다. 내가 이 이야기를 했더니, 상대는 크게 웃으며 이렇게 완성도 높은 이야기가 있느냐며 감탄했다. 그는 이 일은 글로든 뭐로든 꼭 남겨 두어야 한다고 말했다.

성령의 힘, 모래 구멍 우물과 이센스의 출소

최근 나의 친구가, 나는 몇 년 간 얼굴도 보지 못하고 이야기도 나누지 못한 또 다른 친구 얘기를 들려주었다. 편의상 또 다른 친구를 A라고 하겠다. 내 친구는, 네가 안

본 사이 A가 강해졌다고 말했다. 무엇이 강해졌는가 하면 기독교인들이 성령의 힘이라 부르는 것으로, 이것은 그녀가 지난 몇 년 간 세계를 여행하며 다양한 교육기관과 교회와 사람들로부터 선교사 교육을 받고 훈련한 것이었다. 그렇게 강해진 그녀는 지금 실제로 주변 사람들에게 직접적인 도움을 주고 있다고도 했다. 괴로워하는 젊은이들과 이야기를 하고 그들의 삶에서 긍정적인 변화를 일으킨다고 말이다. A는 지금 다른 지방에 있는데, 사람들이 그녀와 대화를 하려고 일부러 그 지방에 간다고 했다. 내게는 그녀가 '기적을 일으키고 있다'는 소리로 들렸다.

흥미로운 이야기였다. 이것을 전해 준 친구는 무척 많은 일을 겪어 왔고 스스로 이야기를 창작하며 관찰력과 의심 능력이 뛰어나며 신앙심이나 순진함 그 어느 것과도 거리가 멀다. 그런 친구가 '사람들에게 변화가 있음을 실제로 목격했으니 A가 발휘하는 힘을 받아들일 수밖에 없다'고 말하고 있는 것이다. 물론 우리 둘은, 지금 일어나고 있는 일들이 '진짜' 성령의 힘에 의한 것이라기보다 자신에게 성령의 힘이 임하고 있다는 A의 굳건한 믿음, 자기확신에 의한 것이라는 데 동의했다. 그리고 바로 그 믿음, 자기확신에 이르는 길이야말로 지난한 것이며 그가 영향을 미치고 있는 사람들, 삶의 괴로움에 몸부림치다 A와 대화하기 위해 비행기를 타는 사람들이 바로 그 상태를 갈구하고 있다는 것에도…… 그리고 나 역시 그들의 심정과 다르지 않다는 사실도…….

그러나 이 이야기에서 내가 전해 받은 것 중 하나는 한편으로 이런 것이기도 하다. 누군가에게 예언이 섞인 조언을 건넬 수 있게 만드는 것은 자신이 자신밖에 모르는 진리에 이르렀다는 확신이다. 한 달 전 또 다른 대화에서 내게 사띠의 가르침을 전해 주려고 했던 다른 친구 생각이 났다. 그는 자신이 어떤 스님으로부터 아주 잘 전해 받은 이야기를 내게 제대로 전하지 못하고 있는 것 같다며 답답해했다.

몇 주 전 시부야의 한 극장에서 데시가하라 히로시가 아베 코보의 소설을 각색해 만든 「모래의 여자」를 봤다. 잘 알려진 대로 이것은 아주 기묘한 유괴와 실종 이야기다. 일본의 한 지방에 모래 마을이 있다. 마을 어딘가에 깊은 구덩이가 있고 여기엔 바깥에서 안쪽으로 사다리를 내리지 않으면 밖으로 빠져나갈 수 없는 기묘한 구조의 집이 있으며 끊임없이 모래가 흘러내려서 밤새도록 모래를 퍼내야 하는 이 집에 어떤 여자가 혼자 산다. 곤충 연구와 관련한 답사로 이 마을을 방문한 한 대학 교수 남자가 이 집으로 유인되고, 다음 날 사다리가 철거되며, 붙잡힌 남자는 여러 번 탈출을 시도하지만 번번이 실패한다. 이야기의 마지막에서 남자에게는 완벽한 탈출의 기회가 찾아오는데, 그는 침착하게 사다리를 타고 위로 올라갔다가 다시 천천히 내려온다. 이유는 그가 이 개미지옥에서, 세상에서 아직 자신밖에 모르는 것으로 보이는 엄청난 것을 발견하고 연구 중에 있었기 때문이었다. 그는 도망이야 언제든 갈 수 있다고, 중요한 건 내가 이 발견을 했다는 것이며 지금은 도망보다 연구 결과를 마을 사람들에게 알리는 것이 더 시급하다고 읊조린다. 참으로 노골적이게도, 이 발견은 물과 관련된 과학적 발견으로 남자가 우물에 비친 자기 얼굴을 바라보는 장면이 나온다. 바깥세상, 즉 '사회'에서는 7년이 흘러 이 남자가 실종자로 분류되었다는 서류를 비추며 영화는 끝난다.

내가 이 영화에 대해 이야기하는 동안, 몇 년 전 래퍼 이센스가 「내일의 숙취」라는 유튜브 토크쇼에 출연해 한 이야기가 떠올랐다. 그가 출소 후 새 앨범을 발표하고 얼마 안 되었던 시기 같다. 그는 수감되어 있던 동안, 사회에서는 당연하게 누렸던 것들을 누릴 수 없게 되었고 그 잃은 것들을 상상하고 그 소중함에 대해 생각했으며 출소 후 며칠간 모든 것에 너무나 감동했고 감사했다고 말했다. 그러나 그것들은 순식간에 다시 당연한 것이 되었고 경이와 감사, 어떤 반성적인 태도는 아주 금방 사라지더라고 말했다. 그랬더니 감옥에서 줄곧 나가면 하려고 했던, 그 안에서는 겨우 발견한 진리라고, 나름 보석이라고 생각했던 이야기들이 너무 구리더라는 것이었다.

누군가에게 이 이야기를 하고 나서 이센스가 정말 그렇게 말했는지 확인하기 위해 유튜브에서 해당 토크쇼를 봤는데, 그런 얘기가 아니었다. 아니, 완전히 생판 다른 이야기는 아니었다. 그러나 내 이야기에는 엄청난 왜곡과 과장이 있었다. 그렇지만 역시 내가 기억하고 있는 그 이야기가 좋았다. 들은 사람도 내 버전의 이야기를 좋아했다. 그러나 잊지 말아야 할 것은, 이 이야기는 착각이었다는 사실이다.

이건 몰랐을 거다

얼마 전 방에서 눈이 마주쳐서 『말테의 수기』를 꺼내 읽기 시작했는데 멈출 수 없다. 이것은 오래전 내가 도쿄에 온 지 반년도 안 되었을 때 예인 씨가 다른 책들과 함께 보내 주었던 책이다. 그때 예인 씨가 그런 엽서인가 쪽지를 소포에 함께 넣어 준 기억이 난다. 이 책은 이래서 보냈고 저 책은 저래서 넣어 봤어요. 그 가운데 『말테의 수기』에 대해서는, 외국에서 공부하게 되었으니까 거기에서의 낯섦과 외로움과 그런 감정들을 잘 바라볼 수 있었으면 한다고 적혀 있었던 것 같다. 『말테의 수기』는 덴마크의 조용한 마을에서 홀로 대도시 파리로 이주한 말테 라우리스 브리게의 일기이니까. 그러나 그때는 어쩐지 이 책에 관심이 없었고, 6년이 지나서야, 서른이 넘어 유학을 와서도 이룬 일 하나도 없이 시간만 지났다는 자책에 시달리는 시기가 되어서야 예전의 그 소포를 제대로 수령한 셈이 되었다.

> 우습다. 나 브리게는 스물여덟 살이나 되었는데, 아무도 나에 대해 아는 사람도 없이 여기 내 작은 방 구석에 앉아 있다. 여기에 앉아 있는데 나는 아무것도 아니다. 그런데 아무것도 아닌 이 존재가 생각하기 시작한다. 회색빛 파리의 오후에 6층 방에서 이런 생각을 하고 있다.[23]

> 이 모든 일이 있을 수 있는 일이라면, 있을 수 있는 일 같기만 하더라도 무엇인가가 일어날 수밖에 없다. 그러나 이 모든 것이 가능하다면, 그저 가능한 것 같기만 하더라도 이 세상의 모든 것들에게 무슨 일이든지 일어나야 하리라. 이런 불안한 생각을 가졌던 사람은 아무라도, 하지 못한 일 중에서 무엇인가를 조금이라도 하기 시작해야 한다. 아무라도 좋다. 전혀 적임자가 아니라도 좋다. 이 젊고 보잘것없는 외국인 브리게는 6층 방에 앉아서 낮이나 밤이나 글을 써야만 할 것이다. 그래, 그는 써야만 한다. 그것이 그의 종말이 되기도 할 것이다.[24]

[23] 라이너 마리아 릴케 저, 문현미 옮김, 『말테의 수기』(민음사, 2002), 29쪽.
[24] 위의 책, 32쪽.

상우 씨의 플레이리스트를 틀고 달리기를 했다. 그가 직접적으로 추천해 준 것은 아니지만 그의 조언을 듣고 산 소니의 무선 이어폰을 끼고. 달리기를 할 때마다 내가 나의 달리기에 붙여 준 이름을 떠올린다. 박사 논문 쓰기 '준비'만 몇 개월째라는 이름이다…….

아득하지만 우리는 언젠가 베르그에서 만나 서로 마주 앉아 빵이랑 소세지 같은 걸 먹었다. 상우 씨는 뉴욕으로 가는 도중이었다. 환승 중이던 그와 2만 보를 걸었다. 그즈음 장거리 연인이 된 연인에 대해 많은 이야기를 한 것 같은데, 얼마 안 있어 아직 뉴욕에 있던 상우 씨에게 그와 헤어졌다는 메일도 보내게 된다.

베르그에서 마주 앉아 식사를 함께한 사람으로는 솔뫼 씨도 있다. 솔뫼 씨와는 쿠니타치 역 근처에서 논 적이 있다. 두 번인가 있다. 우리는 오차노미즈 역 근처에서 만나기도 했다. 그때 그가 들려주었던 이야기를 아마도 어떤 착각들과 함께 기억하고 있다. 그 이야기 또한 내가 매우 좋아하는 이야기이다. 그러나 아직 누군가에게 전해 준 적은 없다. 어쩌면 그가 내게 이건 비밀이라고 말했던 것도 같다.

기현 씨를 처음 본 건 민음사가 하는 유튜브 채널에 정지돈 작가가 출연한 편에서였다. 전에도 주변 사람들에게 기현 씨 이야기를 종종 들었는데, 내 친구 하나가 자신에게

출판을 논의하러 찾아온 기현 씨에게 '은별이란 친구의 대학생 때를 보는 것 같다'고 말하며 사진을 찍었다는 기묘한 일화도 있다. 그 친구와는 졸업 후 일할 때 처음 만났고 그는 내 대학생 때를 본 적이 없다…….

정지돈 작가가 나온 유튜브 클립에서 들었던 얘기로 이 두 가지가 있다. 하나는 그가 민음사에서 기획한 일기 시리즈에 참여해 책을 내게 될 것이라는 것이고 또 다른 하나는 작가가 엠마뉘엘 카레르의 『왕국』을 추천했다는 것이다. 그걸 본 날 나는 두 가지 일을 했는데 하나는 워드에 일기 파일을 만들어서 쓰기 시작한 것이고 또 다른 하나는 『왕국』의 전자책을 산 것이다. 그렇지만 일기 쓰기는 고작 몇 날 이어졌을 뿐이고 그마저도 매번 이야기가 되다 만 상태로 중단되었다. 그러니까 이렇게 말하는 것이 낫겠다. 그 파일에는 일기를 쓰려고 한 흔적이 남아 있었다. 『왕국』은 바로 읽지는 않았다. 나중에 읽어 보니 글을 못 쓰게 된 작가의 이야기였다. 거기서 작가가 서점에 간 장면이 나온다. 다른 사람이 낸 신간을 보는 것이 너무 괴로워서 서점에 가는 일을 극력 피해 왔는데, 종교 서적을 사야 해서 들어간 전문 서점에서 비종교 서적 코너를 지나게 되었을 때 스스로가 얼마나 우스꽝스러웠는지에 대한 묘사였다. "정욕에 시달리는 신학생이 포르노 영화 포스터 앞을 지나치듯 그 앞을 재빨리 지나치려 하지만 결국 유혹에 못 이겨 손을 뻗고 책들을 뒤적이고 뒤표지의 소개 글들을 읽으면서……."[25]

언제부터인가 나는 글을 쓸 수 없었다. 고칠 수 없는 병에 걸린 것 같은 끔찍한 기분에 시달려 왔다. 그것은 지금도 나아지지 않았다. 점점 더 심해지는 것 같다. 그렇지만 박솔뫼와 이상우, 정기현과 만든 이 형식 속에서 그들이 전하는 글이나 메일 사이에 끼어 있고 싶은 기분으로 몇 편의 글을 쓸 수 있었다. 한 편 두 편 할 때 편이라는 말에는 篇이라는 한자를 쓰는 것 같은데 나는 조각이라는 의미의 편(片)도 괜찮을 것 같다. 그 조각들은 퍼즐이 아니다. 그것을 이어 붙인다고 세계가 만들어지지는 않는다. 물론 내가 조각들을 이어 붙여 세계를 만들겠다고 하는 자각을 가지고 글을 쓰려고 해 왔던 건 아니었다. 다만 글을 쓰는 건 그런 게 아니라는 사실을 '그런 것'이 무엇인지 알고 나서야 알게 되었다.

다음 달에 우리는 만난다. 만일 우리가 만날 수 없게 된다고 하면, 그다음 달에 만날 것이다. 그렇게 계속 우리는 다음 달에 만날 수 있을 것이다.

[25] 엠마뉘엘 카레르 저, 임호경 역, 『왕국』(열린책들, 2018), 75쪽.

서울의 박솔뫼

갈치조림 먹기

"나는 늘 밥을 남기지 않고 다 먹게 되고
그럼 이제 모두 맛있게 드세요."

아직 쓰지도 않은 글이 이미 다 써졌다는 생각이 들 때가 있다. 그럴 때는 들떠서 눈앞의 세계가 새롭게 보이고 그 글을 쓰며 느낄 만족과 즐거움을 미리 생생하게 느끼며 길을 걷는다. 막상 쓰기 시작하면 첫 줄부터 생각대로 되지 않고 쓰기라는 것은 실제로 써 나갔을 때 그게 뭔지 실감할 수 있는 것이라 실제 '쓰기'라는 과정을 건너뛸 수가 없다. 잘 알지만 동시에 실은 그게 이미 다 써진 것이라고도 생각한다. 실제로 쓰기 전에는 아무것도 남지 않고 증명할 수도 없지만 이미 써진 것이 있고 그건 다른 것들이 존재하는 방식으로 어딘가 있다.

최근 3년 사이 그러니까 코로나 시기라고 해야 할까 자주 반복해서 걸었던 길 중 하나는 을지로 3가와 4가 인근이다. 어떨 때는 남대문에서 갈치조림을 먹고 갈치조림 너무 좋다고 생각하며 을지로 4가까지 걷고 어떨 때는 반대로 을지로 3가에서 걷기 시작해 충무로를 지나 명동으로 향했다. 그 외 몇 가지 패턴이 있겠지만 보통은 3가와 4가 사이에서 출발해서 발길 닿는 곳으로 향했다. 동대문역사문화공원 근처 식당에서 보르쉬를 먹다가 나는 이걸 먹고 또 먹을 거야 다짐하고 나와 러시아 케이크에서 꿀이 들어간 케이크를 사고 오장동에서는 냉면을 먹고 나와 정해진 순서처럼 도넛을 먹었다. 모르는 건물에 용건이 있는 것처럼 올라가서 한참 밖을 보다가 오고 배가 고프면 간판이 마음에 드는 곳에서 밥을 먹고 그러고 보니 그렇게 시간을 보냈지만 자주 가는 카페가 생기지는 않았다. 이전에는 카페에 가는 것이 무척 중요한 의식이었는데 요즘은 가도 좋지만 안 가도 괜찮다. 커피를 마시고 시간을 보내는 것은 여전히 좋지만 카페에서 일을 하거나 책을 읽지 않게 된 지는 몇 년 된 것 같다. 아예 안 하는 것은 아닌데 이전과 비교하면 거의 안 하는 것에 가까워졌다.

그러고 보면 여전히 기억에 선명하게 남아 있는 카페에서 책 읽기 경험이 있는데 그건 대학 때 경희대 근처 카페에서 트루먼 커포티의 『인 콜드 블러드』를 읽은 것이다. 나는 왜 이렇게 집중력이 낮을까 왜 이렇게 산만할까 왜 집중해서 책을 읽는 것이 어려울까라는 아마도 일생을 따라다닐 의문과 질문에 휩싸인 어느 날 결심을 하고 카페로 가 아마 한 잔에 3000원을 넘지 않았을 아메리카노를 시켜 놓고 책을 읽기 시작했다. 점심을 먹고 카페로 가 아슬아슬하게 저녁때라고 할 만한 시간에 다 읽었을 것이다. 다른 책이었다면 힘들었겠지. 커포티가 아니라면 아마도 챈들러나 하라 료 기리노 나쓰오 정도가 가능했을 것이다. 그때 그 카페에서 나에게 아메리카노를 만들어 준 사람은 두 학번 위 연기과 선배였다. 긴 생머리에 단정하고 따뜻한 느낌의 선배는 거기서 아르바이트를 했는데 우리는 매번 가볍게 안부를 물었고 그런데 두 학번 위인 연기과 선배를 어떻게 알게 된 걸까. 잘 기억나지는 않고 그 선배의 이름은 가물거리고 이어서 기억나는 얼굴은 이전에 근처 다른 대학 극회에서 연극을 하다 입학한 연출과 선배로 그 사람은 마쓰다 마사타카의 『바다와 양산』을 학교 공연으로 올렸었다. 「바다의 양산」에 연기과 선배가 출연을 했었고 그 연극은 조용하고 차분한 느낌이었는데 그 공연에 참여했던 또 다른 사람은……. 이런 식으로 얼굴과 장면만 선명한

사람들이 지나가고 그러다 보면 이제는 아무와도 연락이 안
된다는 사람들만 떠오르는데 사실 다른 사람들에게는 내가
그런 사람일 것이다. 너는 대체 어떻게 지내니 왜 연락을
안 하니 책을 내는 것은 아는데…… 같은 말이 몇 년에 한
번씩 반복되고. 이번 달에는 아무와도 연락을 안 하고
지낸다는 동기 h 생각을 종종 했고 그러다 보면 아무와도
연락이 되지 않는 고등학교 동창 j가 이어서 떠오르는데 그
친구는 나에게 정원영의 음악을 알려 주었다. 정말로 좋은
노래라고 말하던 차분한 목소리를 반복해서 생각하고 늘
누군가를 사랑하게 되는 것은 그 사람의 약함 때문인데
그 약함은 역시나 나 혼자 하는 착각이겠지 생각하다가
말았다. 반복해서 떠오르는 기억 속 얼굴들이 모두 연약해
보였기 때문에 그런 생각이 들었겠지? 요즘은 내내 그런
생각만 했고 연출과 선배와 h는 둘 다 부산 사람인데 내가
아는 부산 사람들을 한 명씩 떠올리고 가장 가까운 친구
둘과 고민이 있으면 떠오르는 사람과 왠지 의지가 되는
사람의 얼굴이 중구천재 김일두의 얼굴과 함께 이어지고
맨날 부산 가는 소설을 써서 그런가 나는 부산 사람한테
약한가 봐 그런데 약하다는 것이 뭐예요? 약하다는 것은
마주 섰을 때 왼손을 내밀고 오른손을 내밀고 이것 봐요
나는 아무것도 없잖아요 아무것도 없는 채인 것을 다
이해해 주세요 말할 수 있는 것일까. 내게 약하다는 것은

그런 이미지인가 보다. 자 내 오른손과 왼손 왼손과 오른손 아무것도 없잖아요. 나는 왜 아무것도 없어요? (있는 것을 알아도 모른 척하세요.) 그러는 동안 부산 사람 망각화 노래를 오랜만에 들었다. 망각화는 누가 알려 주었더라 기억나지는 않지만 역시나 대학 때 자주 들었고 공연도 종종 갔는데 늘 이 사람에게는 좀 더 많은 청자가 필요하다고 생각했다. 망각화는 지금 무얼 할까 양주영 씨는 무엇을 할까 뭐 노래를 부르고 있지 않을까 아니 아침이니까 아침을 먹고 산책을 할 수도 있지 않을까 생각하다가 그때 망각화 게시판에 망각화 공연 일정을 올려 주던 분이 떠올랐는데 나는 영화 「김군」에서 몇 년 만에 그분을 보고 내가 대체 저 얼굴을 어디서 봤더라 어디선가 본 얼굴인데 고민했고 영화는 김군의 존재를 쫓고 나는 영화를 따라가는 중간중간 아 저 사람 어디서 봤더라 생각하다 보니 영화와는 아무 상관없는 서스펜스가 만들어지고. 아무 상관없는? 어쩌면 모든 영화에는 저 얼굴을 어디서 봤더라 라는 끈질긴 질문이 필연적으로 따라붙을지 모른다는 착각을 하고.

이상우와 베억하인에 가면 무사통과 되겠지? 언제나 어색해서 어디서나 어색함이라고는 없는 이상우가 재들 봐요 라고 엄청난 사운드 속에서 속삭이는 것을 떠올린다. 혹은 저 처음으로 거절당했어요 (솔뫼 씨 때문에!) 라고 거절당한 우리는 어쩌구저쩌구 불평하지만 역시 조금 웃기다고 생각하며 뭔가를 사 먹는다. 나는 몇 년 전 갔던 묘지 근처 카페에 다시 가 보고 싶고 그 외의 시간에는 이상우가 알려 주는 곳들을 시키는 대로 가고 싶다. 그러고 보니 그때는 카페에서 작업을 했고 카페가 아닌 곳에서는 작업을 하지 못했었네 다시 또 떠오른다. 내가 오래전부터 이미 써졌다고 생각한 글은 이런 것인데 이상우와 베를린을 걷는 일 같은 것 그것은 이미 써져서 공원이나 지하철 의자에 카페의 설탕 통 위에 머문다. 베를린을 걷다가 지하철을 타고 내리면 반대편에서는 안은별이 츄오선 지하철 환승구에서 환하게 웃고 있는데 배고픈 우리는 거기가 어디든 상관없이 베르그로 가 핫도그를 시킨다. 이전에 은별 씨와 갔을 때는 둘 다 맥주를 참고 안 마시느라 핫도그에 커피를 먹었는데 이번에는 핫도그와 카레 맥주와 햄플레이트를 시킨다. 안은별이 이끄는 대로 키치조지를 걷고 우동을 사 먹고 잡화점을 구경하고 우리가 함께 키치조지를 걸었던 적이 있었나. 어느 해의 텐트연극을 쿠니타치가 아니라 키치조지의 이노카시라 공원에서 했는데 그때 비바람은 몰아치고 나는 어디로 가는지 알면서도 공원이 너무나 넓고 바람이 너무 거세서 헤매는 것이 아닌데 필요 이상으로 헤매는 기분이었다. 주변에는 우비를 입은 큰 리트리버 한 마리가 역시 우비를 입은 주인과 함께 풀을 헤치고 있었고 나는 개를 따라갔다. 커튼 안으로 들어간 은별 씨는 피팅룸에서 새로 입고 나온 옷을 보여 주고 나는 우와 손뼉을 치고 나도 팔에 몇 벌을 걸친 채로 이것저것 입어 본다. 그러고 나면 또 커피를 마셔야겠지? 오차노미즈 역 앞에서는 이상우가 기다리고 있고 우리는 함께 걷다 진보초 근처에서 커피를 마신다. 주문을 하고 앉아서 나와 은별 씨는 쇼핑한 것을 자랑하고 상우 씨는 칭찬하고 우리는 사람들을 만나기 위해 지하철을 탄다. 쇼핑백을 들고 홍대입구역에서 내린 우리는 친구들이 기다리는 꼬꼬순이로 가고 와와 모두 우리를 반겨 주고 음식을 시키고 나자 기현 씨가 도착했다는 메시지가 온다. 나는 상우 씨와 은별 씨에게 이 사람이 기현 씨예요! 실제로 본 건 처음이죠? 마치 내가 기현 씨를 만들어 낸 것처럼 자랑스러워다. 눈과 목소리와 손을 함께 쓰며 활짝 웃는 기현 씨는 웃으며 인사를 한다. 그리고 자리에 앉아 입을 열기 시작하는데……. 그때 기현 씨가 뭐라고 했더라? 그건 아직 안 써졌나 보다.

그런데 제가 좋아하는 남대문의 갈치조림 식당은 중앙식당입니다. 반찬으로 갈치구이가 나오기 때문에 무리해서 생선구이를 따로 시키지 않아도 되고요. 2인분을 시키면 계란찜도 줍니다. 밥과 김도 맛있습니다. 나는 늘 밥을 남기지 않고 다 먹게 되고 그럼 이제 모두 맛있게 드세요.

바로 손을 흔드는 대신,
주고받은 메일들

* 부록 지면은 『바로 손을 흔드는 대신』 공동 작업이 본격적으로 시작되기 전, 박솔뫼·안은별·이상우 세 작가가 주고받은, 작업에 대한 아이디어와 각자의 일상 속 이미지 등을 담은 메일을 재구성한 것이다.

2021. 5. 18. 화. 오후 3:45

보낸 사람 ∨ 박솔뫼

CC ∨ 안은별, 이상우

안녕하세요 상우, 은별님.

제안 하나 드리고 싶은 것이 있어서 연락드려요. 제안드리고 싶은 것은 박솔뫼/ 안은별/ 이상우 교환 일기 혹은 서신 연재예요.

작년 말부터 에세이 제안이 여러 건 들어왔지만 거절해 왔는데, 왜 그런가 생각해 보면 소설에 더 집중하고 싶어서, 혼자서 에세이를 꾸리기에 재미나 자극을 느끼기 힘들어서 정도인데요. 두 분의 이야기를 들을 수 있다면 좋을 것 같고 거기에 이어서 뭔가를 쓰는 것이라면 재미있을 것 같다는 생각이 들어서요.

그리고 당장 다음 달, 다다음 달의 일정이나 계획이 바뀔 일은 잘 없겠고 어쩌면 지금 이대로 당분간 비슷한 상황에서 살아갈 수도 있지만 각자의 삶이나 상태는 생각보다 많이 이동 중이고 유동적이라는 생각이 들고 2021년의 그런 상태를 남겨 보는 것도 재미있을 것이라는 생각이 들었어요.

예를 들어 연구자 안은별은 2021년 이후로 고등학생을 가르칠 일이 없었다: 이렇게 우리의 미래가 정해져 있다면, 2021년 일본 고등학생 이야기는 남기고 싶을 것 같거든요.

2021. 5. 18. 화. 오후 3:45

은별님 올해 논문 때문에 여유 내기 힘드신 것 잘 알아서
여쭤보기 조심스럽고, 상우 씨도 매체나 글의 성격을 많이
숙고하시는 편인 거 알아서 여쭤보기가 걱정스러운데, 일단
두 분이랑 하면 저는 재밌을 것 같고, 하신다고 하면 《릿터》에
제안해 보려고 해요. (그 외 다른 곳들도 생각해 보고는 있지만
일단 연재처가 있는 곳을 생각 중이에요.)

이게 굉장히 페이크인 건 알지만 조금 가벼운 마음으로 짧은
분량이 오가는 것을 생각하고 있어요.

그럼 긍정적으로 고려해 봐 주세요.
저는 하고 싶어요.

박솔뫼 드림.

첨부파일 2개

2021. 5. 18. 화. 오후 3:45

2021. 5. 18. 화. 오후 7:06

보낸 사람	이상우
CC	박솔뫼, 안은별

안녕하세요.

반가운 제안이네요.

벌써 4, 5년 된 거 같은데 예전에 희천 씨와 지금 이 시대에 있어서 개인 작업의 한계에 대해 이야기했던 기억이 있어요. 심도 있거나 한 그런 대화는 전혀 아니었고 그냥 어딘가로 이동하던 중에 했던 이야기였어요. (왠지 정확한 장면을 기억하고 싶은데 잘 떠오르지 않네요. 전철이었던 거 같은데 뉴욕이었나.)

그리고 이 주제의 방점은 재미에 있다고 생각해요. 각자들의 장점들이 한데 모여 폭발하는 시너지랄지 결과물로 상정되는 공동 작업의 효과보다는 그 과정에서 찾을 수 있는 재미를 더 원했던 것 같아요. 저는 『warp』에서 호주 아티스트에게 음악을 부탁하거나 중국어 학원에 찾아가 번역과 목소리 녹음 등을, 『두 사람이 걸어가』에서는 한유주 작가님에게 아시아 작가들을 소개받고 인도네시아 작가분에게 원고를 의뢰하거나 은별님에게 번역을 부탁드리는 그런 식의 작은 공동 작업들을 통해서 재미를 느꼈고 그래서 이런 일들을 좀 더 크게 해도 좋겠다는 생각을 더 갖게 되었어요.

2021. 5. 18. 화. 오후 7:06

개인 작업이라는 건 정말 좋지만 정말 점점 더 지겨워지는 일이니까 어떤 식으로든 환기가 필요한 것 같고 공동 작업은 그 점에 있어서 좋은 선택지라는 생각입니다. (물론 개짜증나는 일도 많겠죠.)

그래서 솔뫼님 은별님과 함께 공동 작업을 할 수 있다면 역시 좋을 것 같아요.

다만 그것이 서신과 일기의 형식이라면 주저하게 되는 부분이 있습니다. 저는 시인이나 소설가 등 글을 쓰는 직업을 갖고 있는 사람들이 전체 공개됨을 전제로 서신과 일기라는 이름을 달고서 쓴 글들에 회의감이 있어요. 이 일을 꽤 오래 해서인지 이전부터 그랬는지 어떤 종류의 글을 읽든 단어마다의 문장마다의 노림수가 너무 적나라하게 보여서 읽는 일의 피로감이 꽤 있는데 그것이 앞서 말한 조건의 글들에서는 저에게 큰 부담으로 다가올 때가 많은 것 같아요.

셋이 무엇을 할 수 있을까요, 라는 물음에는 저도 답이 없는데 솔뫼님 메일을 받고 생각해 보다 보니 그 물음에 대한 것들을 남겨 보는 것도 첫째의 대안이 될 수도 있을 것 같아요.

그냥 막연하게 그려 보자면 비공개 웹페이지를 하나 파서 일기 같은 것들을 막 던져 볼 수 있을 것 같아요. 일기라는 게 글의 형식이라기 보다는 그냥 진짜 막……. 사진이나 오늘 찍은

2021. 5. 18. 화. 오후 7:06

동영상이나 짧은 단상 같은 것들 긴 글도 좋고 줌 미팅 영상 하이라이트 버전 같은 것도 좋고, 아님 앞으로 우리가 할 수 있는 것들에 대한 그때그때 생각나는 아이디어 같은 것들, 그리고 그 포스트들이 꽤 쌓이면 그때까지 나온 아이디어들로 또 다른 공동 작업을 시작해도 좋고 그때 그 도메인 자체를 판매하는 것도 괜찮을 것 같아요. 돈을 주고 구입하면 그 사이트에 들어와 열람할 수 있도록. 도메인 판매 형식으로 가면 이후에 예인 씨 정연 씨 상희 씨 지돈 씨 한기 씨 태근 씨 등이 합류해도 되고 아니면 도메인 판매를 처음부터 할 수도 있을 것 같은데 이러면 조금 부담이 늘지도? 미술 작업들의 디지털 판매가 이전보다는 많이 떠오르고 있어서 관련 전문가들이 많으니 이런 도메인 제작 및 판매 같은 경우 그리 어려운 일 같다고는 생각 안 돼요.

과연 사람들이 돈을 주고 우리 도메인을 보고 싶어 할까?
잘 모르겠지만 적어도 우리는 재밌을 수 있을 것 같아요.

제가 당장 생각해 본 것들은 이 정도입니다.

다들 건강하시고 뭔가 더 재미난 아이디어를 주고받을 수 있길 바라며!

첨부파일 2개

2021. 5. 18. 화. 오후 7:06

2021.05.19. 수. 오후 8:58

보낸 사람	박솔뫼
CC	안은별, 이상우

안녕하세요.

올해 제가 가벼운 마음으로 하려던 게 뭐였냐면, 뭔가를 쓰고 (대체로 일기, 혹은 발표는 했는데 책으로 묶지 않을 소설이나 에세이 등) 그걸 프린트해서 이전에 가 본 적 있던 서점 몇 군데에 찌라시처럼 두고 오는 건데요. 그걸 해 보려던 것은 일단 에세이 제안이 들어올 때 보통 '자유롭게 써 보시라.'라는 제안이 붙는데, 제가 제일 자유롭게 쓰는 장르는 소설이고, 에세이를 쓴다면 자유롭게 쓰고 싶지 않았고 여러 규칙들을 정해서 그 규율 아래에서 쓰고 싶었어요.

그런데 그런 생각으로 거절을 해 왔지만, 보통 이야기하는 자유롭게 쓴다는 감각을 작은 사이즈 안에서 한번 해 볼까? 하는 생각이 들었고 그걸 제가 쉽게 후루룩 만드는 느낌으로 프린트 해서 이야기가 되는 곳에 두고 오려고 했는데요. 그런 확장성이 적은 방법을 택한 것은 정말로 몇 명만 읽어도 상관 없다는 생각이 들었고 메일링처럼 수신자가 확정된 방식 말고 그냥 정말 찌라시처럼 아무나 집어 갈 수 있었으면 좋겠다고 생각했고 또 웹에 게시하는 것처럼 관리를 하고 싶지 않았던 것 같아요. 부담을 느끼지 않는 선에서 특정 수신자가 없는 데다가 휘발되는 방식의 굉장히 작은 뭔가를 하고 싶었던 것 같아요. 그걸 약간

2021.05.19. 수. 오후 8:58

고민하고 있던 것은 요즘은 개인이 뭘 해도 정말 너무 만듦새가 좋기 때문에 이걸 인디자인에라도 앉혀야 하나? 싶어서 약간 고민하고 있는 상태였어요.

그런 누가 하라고 한 적 없는데 스스로 재미를 느끼는 걸 하고 싶은 상태였고 그런 생각에서 두 분께 제안을 드려 본 거였는데, 이번 것은 앞에 말한 것과 달리 일단 제가 제안을 한 것이니

1 두 분이 고료를 받았으면 좋겠다. → 연재를 하자.
2 글쓰는 것 말고 그 외 다른 일은 안하면 좋겠다. → 담당자가 있는 출판사의 지면에 연재를 하자.

라는 결론이 된 것 같아요.

그리고 《릿터》를 제일 먼저 생각한 것은 사실 상우 씨가 우려하는 것과 같은 궤를 이루는 진행이 될 텐데, 출판사 지면에 연재를 하면 책을 내야 하는데 책을 낼 것을 생각하면 이걸 재밌다고 생각하는 사람이 맡아 주는 것이 좋을 것이라고 생각했고, 제 책, 강보원님 이번 시집, 또 지돈 씨 담당을 하실 정기현님이 이걸 재미있다고 생각하실 것이라고 생각했어요. 그런 흐름에서 첫 메일에서 말한 방식을 말씀드리게 된 것 같아요.

상우 씨가 말한 것처럼 정말 사진 한 장만 올리고 유튜브 링크 하나만 걸려도 앞뒤 게시물과의 관계 속에서 재미가 느껴지기도

할 것 같고 그 편이 재미있을 수 있을 것 같은데 제가 그 부분을 너무 몰라서요. 웹페이지 제작이 어렵지 않을까요? 막상 하면 할 만할까?

암튼 어떻게하면 좋지??!!
저도 조금 더 생각을 해 볼게요.
그럼 건강하시길!

솔뫼 드림.

첨부파일 3개

2021.05.19. 수. 오후 8:58

2021.05.19. 수. 오후 8:58

2021.05.19. 수. 오후 9:54

보낸 사람	안은별
CC	박솔뫼, 이상우

솔뫼 씨, 상우 씨.

솔뫼 씨, 상세하게 아이디어를 공유해 주셔서 정말 감사해요. 정말 다 재밌었는데, 딱 하나만 즉시 응답하고 싶어서 바로 덧붙입니다. 처음에 제시된 찌라시라는 방법론에 대해서인데요. 착안하신 게 무척 흥미로웠고, 그것이 서신이든 어떤 교환의 모델과 접목될 수 있지 않을까 생각했어요.

제가 진이나 지하출판물 같은 걸 읽거나 수집하지는 않지만 그 자체에 대해서는 종종 생각해 보거든요. 그거에 대해서 굉장히 진지하게 생각하는 친구들도 생각나고. 예를 들어 상우 씨도 아실 텐데, 신주쿠에 있는 IRA라는 서점이나 거기에서 판매되는 잡지를 만드는 사람들 같은, 행운의 편지 같은 랜덤 증식형 모델도 생각나고요.

또 다른 얘기는 이건데요. "에세이를 쓴다면 자유롭게 쓰고 싶지 않았고 여러 규칙들을 정해서 그 규율 아래에서 쓰고 싶었어요."라는 대목. 제가 논문 같은 학술적인 작업을 하려는 이유가 오히려 규율과 형식에 맞춰서 글쓰기를 하고 싶어서라고 생각해 왔기에 스스로 그 이유나 의미까진 잘 설명하지는 못하겠지만 솔뫼 씨가 그렇게 하려고 했던 느낌을 알 것 같아서

2021.05.19. 수. 오후 9:54

바로 리플 달듯 답장을 해 봤습니다.

사실 지금 이렇게 뭘 할까?라는 걸 계기 삼아 하루에 한 번 답장을 쓰는 것도 재미있어요. 솔뫼 씨 말한 대로 서신이란 형식 자체에 대해 좀 더 생각해 볼 수 있을 것 같단 의견이에요. 또 여기에 대해서, 혹은 상우 씨의 의견을 듣고 또 생각나는 게 있으면 덧붙이겠습니다.

좋은 하루 보내세요.

은별 드림.

첨부파일 4개

岳 寺
Sengakuji
2021.05.19. 수. 오후 9:54
HOKKAIDO LOVE

2021.05.19. 수. 오후 9:54

2021.05.19. 수. 오후 9:54

2021.05.30. 일. 오전 10:51

보낸 사람	박솔뫼
CC	안은별, 이상우

요즘 저는 집을 보러다녔는데요. 당장 이사할 필요는 없지만 왠지 슬슬 움직여야 할 때 아닌가 싶고, 매번 검색만 해 보느니 실제로 가 보자!라는 생각에 2주간 한 15집 정도 봤네요. 저에게 행운을 빌어 주세요. (물론 지금 집에 계속 살 가능성도 무척 높아요. ㅎㅎ)

집을 보는 건 진짜 개힘든 일인데 사실 뭘 그렇게 움직이거나 돌아다니는 것도 아닌데 왜 이렇게 힘든 줄 모르겠어요. 지역 고르고 매물 고르고 부동산 골라서 보고 이런 것들이 엄청 여러 에너지를 쓰기 때문인가 봐요. 마지막 중개사님이 비슷한 이야기를 하시더라고요. (이분이 정말로…… 무척 매력적이었네요. 집에 돌아와서도 이분 생각을 종종 했어요.)

암튼 힘들지만 사실 또 재미가 없는 건 아니라는 것이 재미있네요. 처음에 두 분께 메일 보내기 전에 지돈 씨를 근처에서 만날 일이 있어서 "제가 이런 거 제안하면 어떨까요? 은별 씨는 논문 때문에 어떠실지 모르겠고 상우 씨는 사실 좀 안 하려고 할 것 같아요." 지돈 씨가 웃으면서 근데 세 분이서 뭐 하면 진짜 좋을 것 같아요. 그리고 상우 씨 음 지면에서 하는 거 꺼릴 것 같긴 하다 그치만 꼭 했으면 좋겠고 정기현님이랑 하면 좋을 것 같다 이런 이야기를 주고받았는데요.

2021.05.30. 일. 오전 10:51

그런 이야기를 하면서도 제가 맘속으로 생각한 것은,
사실 상우 씨가 약간 꺼려하고 안 하고 싶어 하는 것을 억지로
하자고 하는 것을 내가 하고 싶어 하는 거 아닌가? 하는 건데요.
그렇게 지면에서 뭔가를 해 보고 이것이 괜찮다면 다음 스텝으로
좀 더 시간이 걸리는 것을 해 보면 어떨까 해요.

엊그제는 보원님 시집 나온 기념으로 민음사 기현님 보원님
이렇게 셋이서 만났는데요. 기현님이 이랑님 작업실 간 적이
있었는데 이랑님이 기현님한테 “내 친구 중에 은별이라고
있는데 걔 대학시절을 생각나게 한다고” 사진을 찍었댔나
그림을 그렸댔나 했다고 해서 신기했어요. 자세한 이야기는
하지 않고 저랑 은별 씨 상우 씨 다 친한데 셋이서 뭐 쓰면 어떨
것 같아요?라고 물어봤는데 너무너무너무 재밌고 좋을 것 같고
너무너무너무 하고 싶다고 이야기하셔서 사실 음 연재 기획을
실현화시키는 것이 어렵지는 않을 것 같았어요. (물론 확신할
수는 없지만요.)

지면이 다른 공간에서 오갈 수 있는 것들의 가능성을 제한하는
선택일 수도 있어서 이번에도 메일을 보내면서 고민을 많이
했어요.

그런데 몇 가지 아이디어가 오갔음에도 제가 처음에 말한 방식을
다시 꺼낸 것은 뭔가 생각났을 때 가장 쉬운 방법으로 일단 뭘
던져 보는 것이 (이게 또 함정이 될 수 있겠지만ㅎㅎ) 저는 좋다고

2021.05.30. 일. 오전 10:51

생각해서인 것 같아요. 그것을 후회하거나 힘들어하면서 그리고 종종 재밌어하면서 끝내면 담에는 이렇게 해야지 생각할 수도 있을 것 같고요.

그리고 회사를 다니고 있기는 하지만 저도 하반기에는 청탁을 받거나 예정된 일이 없어서 적지만 몇 개월이라도 고정적인 일과 수입이 있다면 좋겠다 싶기도 했어요. 그리고 대책 없는 막연한 생각인데 저는 글의 성격이 뭐가 될지도 모르겠고 어떤 성격일지도 모르지만 일단 누군가가 (혹은 내가) 시작하면 뭔가 재미있게 자신의 방식으로 이어져서 괜찮을 것 같아요.

아무튼 그래서 구체적으로 지면에서 무언가 연재하는 형태를 다시 한번 고민해 봐 주세요. 하면서 아 괜히 한다 그랬다 싶어도 한번 하고 나면 나머지 두 명이 뭔가를 하고 있을 테니까 부담도 적을 거예요. ㅎㅎ

그럼 두 분 모두 고민해 봐 주시고 남은 주말 잘 보내셔요!

솔뫼 드림

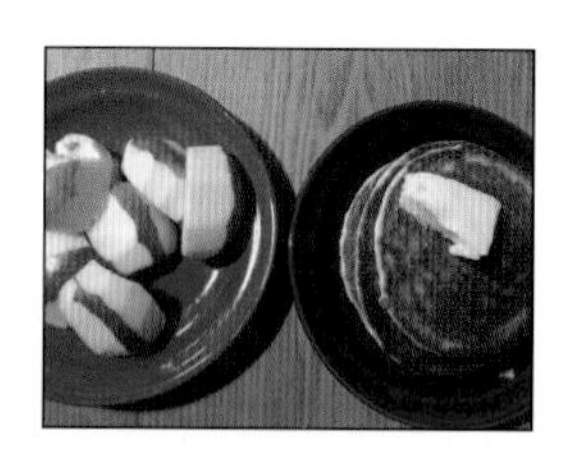

첨부파일 3개

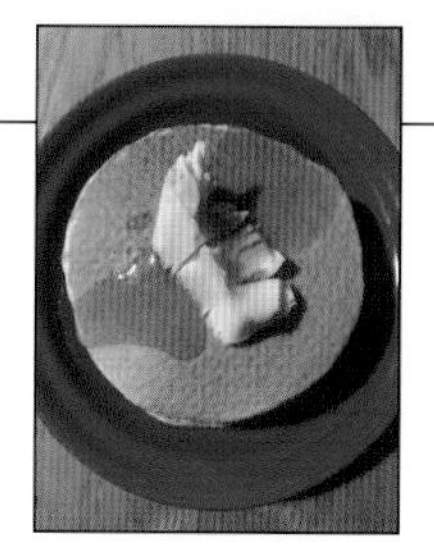

2021.05.30. 일. 오후 8:25

보낸 사람 이상우

CC 박솔뫼, 안은별

안녕하세요.

AZ 1차 접종을 했어요. 아는 분이 개인 진료를 받으러 갔다가 담당 한국 의사 분께서 한국인 친구들 데려오면 AZ 접종해 주겠다 해서 운 좋게? 편하게 접종했네요. 베를린은 거의 대다수의 사람들이 백신을 맞고자 해요. 그래서 새벽 6시가 되면 접종센터 앞에 줄이 길게 서 있어요. 예약되어 있는 분량이 취소되면 줄 선 차례대로 한 명씩 한 명씩 잔여 백신을 접종할 수 있거든요. 화이자는 여기서도 수요가 많지 않아 대부분 AZ나 존슨앤존슨의 얀센 백신을 맞아요. 이런 이야기도 재밌어서 저희가 일찍 뭔가 했다면 이런 글도 썼을지 모르겠네요.

그러게요. 지면 연재 할까요. 하게 되면 정말 아무 글이었으면 좋겠어요. 공통점이 있을 필요도 없고 서로 오갈 필요도 거의 없는. 그리고 원고지 10매 이내였으면 좋겠어요. 많으면 15매?

그럼 두 분의 회신도 기다리며.
제가 애정하는 여름 노래 하나 첨부!

* 첨부된 음악: Barrio Sur - Barrio Sur — बड़ा शोक (heart break) — 07 del paso heights

첨부파일 3개

2021.05.30. 일. 오후 8:25

2021.05.30. 일. 오후 8:25
0.99
TWIX XTRA 75
MARS
1.55
2.49
ja!
WILHELM
BRANDENBURG
VOLLE LADUNG
1,5L
CARBONARA

2021.05.30. 일. 오후 8:25

2021.05.30. 일. 오후 11:38

보낸 사람 안은별

CC 박솔뫼, 이상우

안녕하세요, 여러분.

일단 메일이 너무 재미있어요. ㅎㅎㅎ 솔뫼 씨의 정기현 편집자님 만나 랑이한테 그 이야기 들은 에피소드도, 상우 씨의 백신 경험담도.

지면 연재를 한다면 말씀하신 것처럼 뭔가 다음 걸 하기 전 생각하기 위한 산책 기분으로, 워밍업처럼 할 수 있음 좋겠고 정말 세 장소에서의 각자의 서로 엮이지 않는 — 엮여야 된다는 의식 없이 같이 가는 — 아무 글이라도 전 재밌을 거 같아요. 편집자님께서, 그것도 좋다고 하신다면.

최근에 안 그래도 도쿄에서 그냥 제가 본/아는/모르는 사람 한 명씩에 대해 짧은 글을 남겨 볼까 하는 생각을 했어서 쓴다면 그런 걸 쓰고 싶었어요.

가령 잘 아는 친구에 대해서, 그 사람은 어떤 인생을 살아왔고 어쩌고를 쓰는 게 아니라 제가 어떤 사람이랑 마주한 한 장면에 대해서만 이야기한다고 해야 하나? 가까운 정도나 신원을 아는지나 상대방도 나를 아는지나 내가 그를 안다고 할 수 있는지나 온라인으로만 아는지나……. 같은 분류나 위계 없이

2021.05.30. 일. 오후 11:38

유일한 조건은 내가 도쿄에서 만났다고 할 수 있는 사람들에 대해서요.

얼마 전 릿쿄고등학교 앞 편의점에서 어떤 직원을 보고 이런저런 생각을 했는데 요즘 가끔 제가 도쿄를 생각보다 일찍 떠날 수도 있겠다라는 생각도 들고 그렇다 보니 메모를 써 두고 싶단 생각을 했고……. 그게 10~15매 정도면 충분히 가능할 거 같다는 생각이 들었습니다!

저는 이 메일 보내고 나서 이대로 잘지 뭔가 더 작업을 할지 고민을 해 봐야겠군요…….

아무튼 메일 쓰는 건 즐겁습니다.

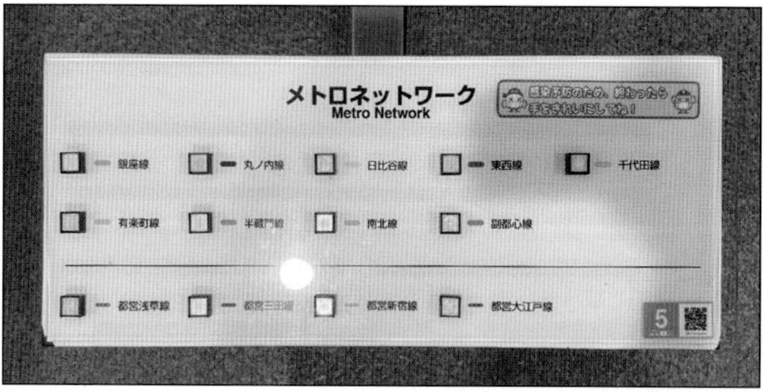

첨부파일 4개

2021.05.30. 일. 오후 11:38
No Smok
禁止吸烟
OKYO!
FUN!TOKYO!

2021.05.30. 일. 오후 11:38

2021.06.01. 화 오전 8:04

보낸 사람	이상우
CC	박솔뫼, 안은별

오래전부터 이거에 대해 한번 써 볼까 했었는데 쓸 수 있나 써서 뭐 하지? 쓸 수 있나? 하며 계속 미뤄 뒀다가 이렇게 된 김에 한번 써 봤어요. 다소 러프하고, 음 근데 너무 쉽게 쓰여져서 저도 놀람. 이렇게 쉽게 쓰인 건 진짜 진짜 오랜만 같아요. 진짜 한 몇 년만?

하루만에 원고를 하나 할 수 있다는게 저로선 너무 신기하기도 하고 그래서 너무 오랜만에 쉬웠던 만큼 좀 가짜? 같기도 해서 불안하기도 한데 이렇게 미리 읽어 줄 분들이 있다는 게 좋네요. 근데 이게 두 분이 생각하시는 방향의 글일지는 모르겠음.

만약 읽어 보시고 괜찮으면 기현님에게 제안할 때 샘플용으로 주면 앞으로의 설명이 좀 편해질 거 같기도 하고 뭔가 명분용으로도 괜찮을 것 같네요.

당연 우선 두 분이 괜찮다고 판단하고 나서의 일입니다.
혹시 몰라 해당 영상 링크도 남깁니다. 읽고 나서 궁금해지시면 그때 영상 보면 좋을 것 같아요. 읽기 전에 보는건 별로일 듯?
https://www.nicovideo.jp/watch/sm15934454

그럼!

첨부파일 1개

2021.06.01. 화 오전 8:04

2021.06.01. 화 오전 9:10

보낸 사람	박솔뫼
받는 사람	정기현

오늘은 아침에 출근하면서 입에서 연어 맛이 생각이 나서
아 연어를 언제 먹었더라? 생각해 보니 지난 주 금요일에 기현
씨랑 먹은 거더라고요.

지난 번에 슬쩍 말씀드린 기획 말인데요. 나머지 두 분께도
확인을 받았어요. 지면 연재가 가능하다면 해 보고 싶은데
어떨까요? 저희가 생각하는 대략적인 얼개는 다음과 같습니다.

> [박솔뫼 안은별 이상우 세 사람이 정해진 기간 동안 짧은
> 글을 쓴다. 각 글은 연결될 수도 있고 이전 글에 대한
> 응답이 될 수도 있지만 기본적으로는 각자가 짧은 글을
> 쓰고 그것을 공유한다는 것만 전제된다. 분량은 원고지
> 10매 정도이나 일단은 자유로, 짧은 메모가 될 수도 있고
> 때로는 이미지나 영상이 공유될 수도 있다. 순서나 횟수도
> 자유이나 되도록 3인이 고르게 쓰고자 한다. 정리하면
> 느슨한 조건 아래에서, 서로 다른 공간에 있는 세 사람이
> 쓰는 글이 될 것이다.]

이걸 위에 올릴 때는 좀 더 그럴 듯하게?ㅎㅎ 말해야 할 것
같은데 그럴 때는 음, 서울/ 도쿄/ 베를린 서로 다른 도시에 서로
다른 조건으로 머무는 사람들이 보내는 일상……? 발신……?

2021.06.01. 화 오전 9:10

이런 걸 좀 섞으면 되지 않을까 싶기도 해요.

상우 씨가 샘플이 될 원고를 보내줬는데 굉장히 좋습니다…….

(파일 첨부)

그럼 부디 긍정적으로 검토 부탁드려요!

솔뫼 드림.

첨부파일 2개

2021.06.01. 화 오전 9:10